D1873935

Romana Brunnauer

Robby Botter

Spukt's hier – oder was?

Romana Brunnauer

Robby Botter

Spukt's hier – oder was?

Mit Illustrationen
von Pia Eisenbarth

Carlsen

1. Auflage 1992

Einband von Pia Eisenbarth
Lektorat: Ursula Heckel
Satz: Dörlemann-Satz, Lemförde
Druck und Bindearbeiten: Clausen & Bosse, Leck
ISBN 3-551-55048-4
Printed in Germany

Wer ist wer bei »Robby Botter«?

ROBBY BOTTER ist – wie sein Name schon vermuten läßt – ein Roboter. Das merkt aber keiner. Alle Leute halten »Herrn Botter« für den Verwalter des Sperrmüllplatzes Cavalieri. Stets freundlich und äußerst höflich regelt er die Geschäfte. Für jede Gelegenheit hat er die passende Kleidung und den passenden Hut. Er kocht leidenschaftlich gern, obwohl er selbst nur Maschinenöl trinkt. Am liebsten aber kümmert er sich um BILLI. Die beiden wohnen in einem kleinen Häuschen mit einer hohen Hecke drum herum – und zwar mitten auf dem Sperrmüllplatz. Billi ist elf Jahre alt, sprudelt vor neuen Ideen und hat immer einen flotten Spruch auf den Lippen. Auch wenn ihr Robby Botter täglich Anstandsunterricht verpaßt, möchte sie nie im Leben eine »Dame« werden. Lieber fällt sie schon mal auf, wenn sie mit den Brüdern MAX und FLOH auf Achse ist. Max ist so alt wie Billi, Floh ist sieben und kann manchmal ganz schön nerven. Aber trotzdem haben die drei eine Menge Spaß und erleben viele Abenteuer. Deshalb macht es Billi gar nichts aus, daß ihr Vater nie zu Hause ist. Als Forscher ist er ständig auf Reisen, und Billi weiß nie, wo er gerade steckt. Damit Billi auch ohne ihn zurechtkommt, hat er ein paar nützliche Maschinen gebaut. So braucht Billi nicht in die Schule zu gehen, weil ihr die LERNMASCHINE das ganze Wissen im Zeitraffer eintrichtert. Wenn's brenzlig wird, kann sich Billi in der LUFTMASCHINE unsichtbar machen, und für Ausflüge oder kleinere Reisen steht das FLUG-FAHRRAD bereit. Nur eine Maschine kann Billi überhaupt nicht leiden. Es ist die AUFRÄUMKISTE, die ständig Ordnung in ihre tolle Unordnung bringt.

1. Kapitel

Der Anstandsunterricht war gerade beendet, und Billi zog das rosa Seidenkleid aus. Vor dem geöffneten Kleiderschrank lag ein Berg aus Socken, Hemden, Röcken, Blusen und Hosen. Darin wühlte Billi, bis sie ein langes, weites Unterhemd mit einem spitzengesäumten Ausschnitt fand. Es stammte aus einem alten Koffer, den eine sehr große und sehr dicke Dame auf dem Sperrmüllplatz abgegeben hatte.

Billi schlüpfte in das lange Hemd, schnürte es in der Taille mit einer bunten Kordel und knotete die Träger über der Schulter, damit sie nicht rutschten. Barfuß lief sie hinunter in die Diele und setzte Robby Botters Sonnenhut auf. Das war ein ausgefranster Strohhut, wie ihn manche Chinesen tragen. Nach einem prüfenden Blick in den Spiegel lief sie hinaus in den Garten.

Dort saß Robby Botter in der Hollywoodschaukel und las die Samstags-Zeitung. Auf dem Gartentisch stand noch das Kaffeegeschirr vom Anstandsunterricht. Robby Botter hatte mit Billi die Lektion *Wie decke ich eine Kaffeetafel* durchgenommen.

Billi betrachtete die Teller, Tassen, Servietten und Kuchengabeln. Alles stand so auf dem Tisch, wie es im Buch abgebildet war, und Billi fand es stinklangweilig. Kurz entschlossen sammelte sie die Kuchengabeln ein und baute daraus eine Pyramide. Aus einem Korb holte sie drei Weingläser und stellte sie umgedreht auf den Tisch. An den Stielen befestigte sie Luftballons, und aus den Servietten baute sie kleine Schiffchen. So gefiel ihr die Kaffeetafel schon besser. »Stark«, sagte sie und eilte ins Haus, um den Kuchen zu holen.

Auf dem Küchentisch stand einer der schönsten Schokoladenkuchen, den Robby Botter je gebacken hatte. Der Kuchen hatte die Form eines Feuerwehrautos und war mit dunkelrotem Zuckerguß übergossen. Gelbe Schokolinsen zierten die Vorderseite und sahen aus wie Scheinwerfer. Auf dem Dach thronte eine Marzipan-Glocke, und auf der Ladefläche war eine Lakritzschnecke angebracht, die einem Feuerwehrschlauch ähnlich sah.

Vorsichtig hob Billi den Kuchen hoch, trug ihn hinaus und stellte ihn in die Mitte des Gartentisches.

Robby Botter war immer noch in seine Zeitung vertieft. Ab und zu setzte er die Schaukel mit dem Fuß in Bewegung; bei jedem Schwung quietschten die Eisenfedern unter der rot-blau gestreiften Plane.

Billi machte das Geräusch der Schaukel nach: »Quiee, quüü, quiee, quüü«, und ging zu Robby Botter. »Lernst du die Zeitung auswendig? Du mußt sie inzwischen doch schon fünfmal gelesen haben!« rief sie und spitzte über seine Schulter. UNERKLÄRLICHE DIEBSTAHLSERIE NIMMT KEIN ENDE, stand da in großen Buchstaben.

Billi hob die Schultern; sie verstand nicht, was an einer Zeitung so interessant sein konnte. Dann ging sie in die Küche, um Sahne zu holen. Als sie wieder am Gartentisch war und die Sahneschüssel neben den Kuchen stellte, riß sie die Augen auf. Jemand hatte die ganze »Fahrerkabine« mit den gelben Scheinwerfern aufgegessen!

»Robby, komm mal her!« rief sie. »Der Kuchen ist halb aufgegessen!«

Bedächtig faltete Robby Botter die Zeitung, legte sie auf die Schaukel und ging zum Tisch. Seine Bewegungen sahen aus, als liefe er auf Schienen. »Verstehe nicht. Es ist niemand hier gewesen!« sagte er mit verzerrter Stimme.

Billi stemmte die Arme in die Hüften. »Seit wann ißt du Kuchen?« Sie sah Robby Botter scharf an.

Robby Botter wiegte den Kopf. »Verstehe nicht. Roboter trinken nur Öl. Sie essen nicht! Außerdem habe ich Zeitung gelesen«, sagte er.

Billi atmete tief ein. »Dann kann's nur die Aufräumkiste gewesen sein!«

Im selben Moment kam die Aufräumkiste aus Billis Haus und schwebte zum Gartentisch. Sie öffnete ihren großen runden Metallbauch, in dem ein Krug mit Apfelsaft stand.

Robby Botter nahm den Krug und stellte ihn neben den halben Kuchen. »Verstehe nicht. Die Aufräumkiste ißt auch nichts. Sie bringt nur alle Sachen in Ordnung.«

Die Aufräumkiste öffnete abermals ihren Bauch. Mit einem staubsaugerähnlichen Geräusch sog sie Teller, Gläser, Servietten und Gabeln ein – nur den Kuchen ließ sie stehen. Sie schloß den Bauch, rappelte und öffnete sich wieder. Alles schwebte auf den Tisch – exakt so, wie es die Abbildung des Anstandsbuches gezeigt hatte. Die Luftballons und die Servietten-Schiffchen blieben in der Kiste.

Billi zischte: »Blödes Ding! Rück die Luftballons raus!«

Die Aufräumkiste schloß den Bauch und schwebte lautlos ins Haus.

Mit erhobener Faust rief ihr Billi hinterher: »Irgendwann krieg ich dich!« Sie wollte ihr das Anstandsbuch nachwerfen, doch da raschelte es in der Hecke.

Die Hecke umschloß den ganzen Garten und versteckte das kleine, schiefe Häuschen, das mitten im Sperrmüllplatz CAVALIERI lag. Die einzige Verbindung zum Sperrmüllplatz war ein Kleiderschrank, der auf der Grenze zwischen Schrankabteilung und Garten stand. Sobald man die vordere Tür schloß, sprang hinten die Tür zu Billis Garten auf. Dort ließ die Hecke ein kleines Schlupfloch frei.

Kein Mensch in der Stadt wußte von diesem Schrank, der Hecke und Billis Garten. Außer Max und Floh, die gerade durch die Hecke schlüpften.

Floh kam zuerst am Gartentisch an. Mit großen Augen betrachtete er das, was vom Kuchen noch übrig war. »Hattet ihr Gäste?« fragte er. »Der Kuchen ist ja schon halb aufgegessen!« Sein Mund war mit Schokolade verschmiert.

»Ja, wir hatten Gäste«, antwortete Billi. »Einer davon war ein hungriger Floh, der fast den halben Kuchen geklaut hat!«

Floh sah sie erstaunt an. »Ich? Wieso! Wir sind doch gerade erst gekommen!«

Billi grinste. »Ja, ja. Und die Schokolade um deinen Mund ist von gestern!«

Floh wischte sich den Mund ab. »Die haben wir vorhin beim Kiosk gekauft!«

»Stimmt«, sagte Max und reichte Billi ein Schokoladenei. »Wir haben dir auch eins mitgebracht!« Er grapschte nach einem Kuchenkrümel und kostete. »Mhhm, lecker! Und wer hat jetzt wirklich die andere Hälfte vernascht? Wir waren's bestimmt nicht!«

Billi legte die Stirn in Falten. »Ihr wart's wirklich nicht? Eigenartig. Wer soll es denn sonst gewesen sein? Außer uns gibt's hier doch bloß Maschinen, die höchstens mal an Robby Botters Öl gehen.«

Max setzte sich an den Tisch und betrachtete gierig die abgebrochene »Ladefläche«. Schokoladenkuchen war eine seiner Lieblingsspeisen. »Wir sollten anfangen, sonst verschwindet der Rest auch noch!«

Robby Botter kam mit einer Kanne Maschinenöl aus dem Haus und goß etwas davon in einen Krug, auf dem sein Name stand. Während er sich setzte, sagte er: »Verstehe. Wir sollten anfangen. Max hat Hunger!«

Max nickte, und Billi und Floh setzten sich ebenfalls. Robby Botter legte jedem der Kinder ein Stück von der »Ladefläche« auf den Teller, gab Sahne dazu und füllte die Gläser mit Apfelsaft.

Max stopfte sich ein großes Stück Kuchen in den Mund und schob es in die rechte Backe. »Habt ihr von den komischen Einbrüchen gehört?« fragte er mit vollem Mund. »Da gibt's einen ganz gewieften Dieb, der am hellen Tag Geschäfte ausraubt!«

Robby Botter, der gerade einen kräftigen Schluck Maschinenöl genommen hatte, stellte den Krug ab. »Verstehe. Es stand heute in der Zeitung!«

Max schluckte. »Möchte nur wissen, wie der das macht!«

Floh kaute an einem Ende der Lakritz-Schnecke. »Der kann zaubern!« sagte er und zog die Schnecke auseinander.

Billi rülpste. »Was ist denn das für ein beknackter Einbrecher?« fragte sie. Sie las wirklich niemals Zeitung.

»Der ist so geschickt, daß ihn niemand sieht! Manchmal sind sogar mehrere Leute in den Geschäften, während er in aller Ruhe die Kasse ausräumt!« antwortete Max.

Floh sprang auf. »Hilfe! Ich weiß, wer den Kuchen geklaut hat! Es war der Dieb, der Einbrecher!«

Max und Billi wechselten verständnisvolle Blicke.

Max legte den Zeigefinger an die Schläfe und sah Floh an. »Du hast ja 'ne Meise! Der hat schon so viel Geld geklaut, daß er sich einen Kuchen *kaufen* kann!«

Billi kehrte mit den Fingern die Kuchenbrösel auf dem Teller zusammen, formte eine kleine Kugel daraus und steckte sie in den Mund.

Robby Botter sah Billi an und wiegte den Kopf. »Verstehe nicht, Billi Cavalieri!« sagte er. »Damen essen nicht mit den Fingern!«

Billi rollte die Augen nach oben. »Der Anstandsunterricht ist schon seit einer Stunde beendet!«

Robby Botter ließ den Kopf hängen. »Verstehe«, sagte er. »Soll ich frischen Apfelsaft bringen?«

Max sprang auf. »Ich hol ihn schon!« Er lief ins Haus.

Billi stupste Robby Botter in die Seite. »Mensch, Robby! Wenn ich erwachsen bin, dann werde ich die anständigste Dame auf der Welt! Versprochen!«

Robby Botter zuckte mit den Achseln.

»Der Apfelsaft ist alle!« rief Max, während er zum Tisch lief. Er stellte den Krug ab. »Ich weiß nicht, wo ich nachfüllen kann.«

Billi hob den Krug hoch, drehte ihn um und ließ den letzten Tropfen herausrinnen. Sie sah Max augenzwinkernd an. »Alle Achtung. Zwei Liter Apfelsaft in einem Zug – das ist reif für das Guinness-Buch der Rekorde!«

Max schüttelte den Kopf. »Ich bin doch kein Pferd. Ich hab keinen Tropfen getrunken!«

Billi stellte den Krug auf den Tisch und klopfte mit dem Zeigefinger an die Stirn. »Bei dir spukt's wohl!« sagte sie und sah Max grinsend an. »Wer soll ihn denn sonst getrunken haben?«

»Vielleicht ein Tier? Eine Katze oder ein Hund?« fragte Floh.

Billi schüttelte den Kopf. »Zwei Liter?«

Robby Botter sah zum halb geöffneten Badezimmer hinauf. »Verstehe nicht«, sagte er. »Warum läuft oben die Dusche?«

Alle richteten den Blick nach oben. Es stimmte. Die Dusche rauschte.

»Verstehe. Es duscht jemand!« sagte Robby Botter.

Billi sprang auf und holte einen armdicken Ast, der hinter dem Apfelbaum lag. Sie fuchtelte damit herum wie mit einem Schwert. »Auf was warten wir noch!« rief sie. »Ein Fremder ist im Haus. Da oben duscht jemand! Nichts wie rauf!« Hastig eilte sie die Treppe hoch, die zur Haustür führte. Oben drehte sie sich auf dem Absatz um.

Floh nickte, streckte die Faust in die Luft und lief zu Billi. »Dem zeigen wir's!« rief er.

Max steckte die Hände in die Hosentaschen. »Und wenn das der Einbrecher ist?«

Billi machte eine auffordernde Handbewegung. »Steh nicht rum wie ein Ölgötze! Einbrecher brechen doch nicht zum Duschen ein!«

Billi und Floh gingen ins Haus. Max verzog das Gesicht und schlurfte den beiden hinterher.

Floh war als erster im Bad. Das Wasser trommelte gegen den durchsichtigen Duschvorhang – aber niemand stand dahinter. »Hier duscht niemand!« rief Floh.

Billi zwängte sich an Floh vorbei, zog den Vorhang beiseite, streckte sich, um den Hahn zuzudrehen und wurde dabei klatschnaß. Sie setzte sich an den Badewannenrand. Ihre Haare klebten in nassen Strähnen im Gesicht. »Es spukt«, sagte sie, nahm eins der himmelblauen Handtücher und rieb sich die Haare trocken.

Max streckte den Kopf zur Tür herein. Er hielt einen Fleischklopfer in der Hand, den er aus der Küche geholt hatte. Als er sah, daß wirklich niemand duschte, betrat er das Bad.

Billi warf einen spöttischen Blick auf den Fleischklopfer. »Mit dem kannst du doch keinen Geist erschrecken!«

Max verzog das Gesicht. »So ein Quatsch! Hier spukt's doch nicht!« sagte er.

Billi stülpte sich das Handtuch über das Gesicht. »Huhh, huhhh!« rief sie. »Ist doch klar wie Hühnerbrühe! Es spukt! Erst verschwindet der Kuchen. Dann verschwindet der Apfelsaft. Und dann geht die Dusche an, obwohl niemand oben ist!« Sie zog das Handtuch vom Kopf und sah Max an.

Max drehte den Wasserhahn auf, spielte kurz mit dem Wasser und drehte den Hahn wieder zu. »Vielleicht hast du

ja recht«, sagte er. »Aber am Tag? Geister geistern doch nur in der Nacht herum!«

Floh stand auf. »Außerdem spukt's im Sommer nie! Da sind die Geister alle im Urlaub!«

Billi stupste mit dem Zeigefinger auf seine Nase. »Was weißt du denn schon über Geister!«

Floh wischte sich über die Nase. »Geister kommen nur um Mitternacht!« sagte er und schob den Duschvorhang weiter in die Ecke. »Und nicht nachmittags um zwei!«

»Da ist was dran«, sagte Max.

»Verstehe. Geister gibt es nicht«, sagte Robby Botter, der schon seit einiger Zeit am Türrahmen lehnte.

Billi klappte den Klodeckel auf die Brille und setzte sich darauf. »Das ist doch das Gemeine an diesen Dingern, daß sie immer dann auftauchen, wenn man sie nicht vermutet!« Mit einem Seitenblick auf Robby Botter fügte sie hinzu: »Moderne Geister halten sich nicht an *Anstandsregeln*!«

Robby Botter wandte sich ab. »Verstehe nicht«, sagte er und ging hinunter in die Küche.

Billi stützte den Arm am Waschbecken ab und runzelte die Stirn. »Ich frag mich nur, welche Sorte Geister zum Duschen kommt«, sagte sie.

Floh machte ein wichtiges Gesicht. »Es könnte so ein eingewickelter König sein. Wie heißen die gleich wieder? Ich meine, so was wie ein König in der Konservenbüchse!«

Max rollte die Augen nach oben. »Mumie heißt das!«

Billi winkte ab. »Mumien gibt's doch nur in Ägypten! Es muß ein anderer Geist sein. Vielleicht einer, der hier vor tausend Jahren ein Haus hatte, seine Frau und seine Kinder erwürgt und gevierteilt hat und jetzt so lange spuken muß, bis man ihn erlöst!« Sie machte ein Gesicht, das keinen Widerspruch duldete.

Max verschränkte die Arme und beugte sich etwas zurück. »Du kennst dich ja ganz schön aus!« sagte er.

Billi stand auf und reckte stolz die Brust. »Klar kenn ich mich aus. Ich schreibe gerade an meinem ersten Roman. Er heißt ›Der Geist im Wasserglas‹. Vorher hab ich natürlich alles gelesen, was es über Geister zu lesen gibt!«

Floh riß die Augen auf. »Toll! Und wie geht der Roman?«

Billi setzte sich wieder auf den Klodeckel. »Weiß ich selber noch nicht genau. Ich hab erst den Titel.«

Mit einem spöttischen Grinsen sagte Max: »Wenn du dich so gut mit Geistern auskennst, mußt du ja wissen, was man dagegen tun kann!«

Billi warf den Kopf in den Nacken. »Klar weiß ich das. Man muß in jedes Zimmer drei Perlen von einem geweihten Rosenkranz legen. Nach drei Tagen ist der ganze Spuk vorbei!«

Max schüttelte den Kopf. Er hielt das Ganze für eine von Billis verrückten Ideen. Wie Robby Botter glaubte auch er nicht an Geister, nicht wirklich zumindest.

Floh hingegen war ganz aufgeregt. »Hast du einen Rosenkranz?« fragte er.

Billi ließ den Kopf hängen. »Nö.« Doch da kam ihr eine Idee. Sie sprang auf. »Ich weiß was!« rief sie. »Robby Botter hat auf dem Sperrmüllplatz eine Kiste, in der er den ganzen Kleinkram sammelt, der nirgendwo dazu paßt. Laßt uns gleich mal nachschauen! Vielleicht ist da ein Rosenkranz dabei!«

Die drei eilten die Treppen hinunter. Durch die geöffnete Küchentür rief Billi Robby Botter zu: »Wir sind mal kurz auf dem Sperrmüllplatz.« Dann lief sie hinaus. Floh sprang hinterher. Max stand erst unschlüssig da, machte sich dann aber auch auf den Weg.

Billi, Max und Floh quetschten sich in den Schrank. Als Billi die Tür schloß, sprang auf der anderen Seite die Tür zum Sperrmüllplatz auf.

2. *Kapitel*

Robby Botter räumte die Küche auf und klimperte dabei mit Gläsern, die er im Küchenschrank verstaute. Auf der Fensterbank stand Leo, der Küchenquirl, Robby Botters bester Freund. »Robby, Robby, Robby«, sagte Leo in Maschinensprache, die nur Maschinen hören und verstehen konnten. »Sie gehn auf den Sperrmüll- Sperrmüll- Sperrmüllplatz! Was tun sie denn, denn, denn?« Leo war ein besonders quirliger Küchenquirl, der stets zu schnell redete. Manche Wörter sagte er deshalb gleich dreimal hintereinander. »Was tun, tun, tun sie denn, denn, denn?« fragte er noch einmal.

Robby Botter holte die Kuchengabeln aus der Geschirrspülmaschine und sah aus dem Fenster. »Verstehe. Auf dem Sperrmüllplatz«, sagte Robby Botter, ebenfalls in Maschinensprache. »Sie werden etwas zum Spielen holen!« Er ging zum Küchenbuffet und verstaute die Gabeln in einer Schublade.

Das hellgrüne Plastikgehäuse über Leos Elektromotor vibrierte etwas, als er noch schneller als sonst sagte: »Und der Geist, Geist, Geist! Es passiert ihnen, ihnen, ihnen doch hoffentlich nichts, nichts, nichts!« Leo war sehr aufgeregt.

Langsam schloß Robby Botter die Schublade und drehte sich um. Er wiegte den Kopf. »Verstehe nicht«, sagte er. »Es gibt keine Geister. Hier muß sich jemand eingeschlichen haben.«

»Ein Einschleicher, gut, gut, gut!« Leo war ein fremder Mensch im Haus lieber als ein Geist.

Robby Botter setzte sich auf einen Stuhl neben dem Fenster und tippte Leo auf den Plastikbauch. »Das heißt nicht Einschleicher, sondern Einbrecher. Er muß sich hier irgendwo verstecken. Ich weiß bloß nicht, wo. Hast du vielleicht jemanden gesehen?«

»Nein, nein, nein!« antwortete Leo. »Aber schick doch die Aufräumkiste -kiste -kiste!«

Robby Botter strich über Leos Plastikbauch. »Gute Idee!« sagte er und schnippte mit den Fingern. Kurz darauf schwebte die Aufräumkiste in die Küche. Robby Botter gab ihr den Befehl, das ganze Haus und den Garten nach fremden Personen abzusuchen und ihm unverzüglich Meldung zu erstatten, falls sie jemanden fand.

Die Aufräumkiste öffnete ihren Bauch und schwebte in der Küche herum. Als sie jeden Winkel abgesucht hatte, schwebte sie hinaus.

»Hoffentlich findet, findet, findet sie ihn!« sagte Leo.

Robby Botter nickte. »Verstehe. Sie findet alles!« Er nahm die Schüssel, in der noch ein Rest Sahne war, und stellte sie in den Kühlschrank. Im oberen Fach lag ein Stück ungarische Salami. Robby Botter nahm die Wurst heraus und wiegte den Kopf. »Verstehe nicht. Heute morgen war die Salami länger. Es fehlt mehr als die Hälfte! So schnell ißt keins der Kinder!«

»O Schreck, o Schreck, o Schreck!« rief der Küchenquirl.

Robby Botter legte die Salami zurück in das Kühlschrankfach und schloß die Tür.

Da kam die Aufräumkiste zurück. Ihr Bauch stand immer noch offen. Robby Botter untersuchte das Innere der Kugel – es war nichts darin. Er gab der Aufräumkiste ein Zeichen. Lautlos schwebte sie hinaus.

»Verstehe. Sie hat nichts gefunden!« sagte Robby Botter und setzte sich wieder zu Leo ans Fenster.

»Es ist doch ein Geist, Geist, Geist!« sagte Leo.

Robby Botter schloß die Augen. In seinem Kopf surrte es leise – ein Zeichen, daß er nachdachte. Schließlich sagte er: »Verstehe nicht. Es gibt keine Geister!« Er stand auf, holte den Mülleimer unter der Spüle hervor und ging hinaus. Über die Schulter rief er dem Küchenquirl zu: »Ich bring das zum Müll. Paß genau auf, ob jemand in die Küche kommt!«

»Ich versuch's, versuch's, versuch's«, antwortete Leo, der normalerweise vor sich hin döste, wenn niemand mit ihm redete.

Die Mülltonne stand im hinteren Teil des Gartens. Robby Botter hob den Deckel hoch, um die Mülltüte hineinzuwerfen, hielt aber inne. In der Tonne lagen zwei braune Flaschen. Robby Botter holte sie heraus und betrachtete das Etikett. Es zeigte einen Braunbären, der ein Glas in der Hand hielt. Unter dem Bären stand in Goldbuchstaben: BRUMMEL, DAS BÄRENSTARKE VOLLBIER. Robby Botter schüttelte den Kopf. Niemand im Haus trank Bier. Behutsam legte er die Flaschen zurück in die Tonne, warf die Mülltüte hinterher, schloß den Deckel und stützte sich darauf. Verstehe nicht, dachte er in Menschensprache, aber dann machte er sich's leichter. Alpha, mra, krug, gupfff. Logo plus minus null, setzte er den Gedanken in Robotersprache fort. Übersetzt hieß das: Wenn ohne unser Wissen Sachen gegessen und getrunken werden, dann muß hier ein Fremder sein. Wenn niemand diesen Fremden sieht und ihn auch die Aufräumkiste nicht findet, dann muß er unsichtbar sein. Wenn dieser Unsichtbare Bier trinkt, dann ist er mit großer Wahrscheinlichkeit ein erwachsener Mann.

Diese Einsicht beunruhigte Robby Botter. Er überlegte, wie er herausfinden konnte, wo sich der Unsichtbare aufhielt. Kurz darauf hatte er eine Idee.

Robby Botter ging zurück ins Haus und suchte im Wohnzimmerschrank nach einer Schachtel Zigarren, die Billis Vater dort versteckt hatte. Billis Vater war bereits seit drei Jahren auf Forschungsreise in Afrika. Er hatte immer Zigarren im Schrank, um sich gleich eine anzünden zu können, wenn er mal nach Hause kam.

Robby Botter wußte nicht mehr genau, wo die Zigarren lagen. Er suchte erst im unteren Fach, das vollgestopft war mit kleinen Tieren aus Plastik; das war Billis Fach. Im nächsten Fach fand er fünf Meerschaumpfeifen, einen Pfeifenstopfer und ein Bündel Pfeifenreiniger, aber keine Zigarren. Um an das obere Fach zu kommen, mußte er sich auf die Zehenspitzen stellen.

Erst zog er einen vergilbten Weltatlas hervor, dann ein Notizbuch, in dem Billis Vater Ideen für neue Maschinen niedergeschrieben hatte. Robby Botter blätterte darin und fand die ersten Skizzen der Luftmaschine. Das war eine Maschine, mit der man unsichtbar werden konnte. Robby Botter zwinkerte mit den Augen, was so etwas wie Lächeln bedeutete. Doch dann fiel ihm ein, daß sich der Einbrecher ja nur in ihrer *eigenen* Luftmaschine unsichtbar gemacht haben konnte! Er mußte die Luftmaschine entdeckt haben! Rasch steckte Robby Botter das Notizbuch wieder zurück und stieß dabei auf eine Kiste. Er zog sie heraus – es war die Zigarrenkiste! Die Zigarren sollten ihm helfen, den unsichtbaren Einbrecher zu stellen.

Robby Botter räumte den Couchtisch ab – dort lag in buntem Durcheinander ein großer Teil von Billis Comic-Alben – und stellte die Zigarrenkiste darauf. Dann holte er die Streichholzschachtel, die neben dem Schürhaken am offenen Kamin lag, und warf sie auf das Sofa. Es sollte aussehen, als läge sie zufällig dort.

Jetzt mußte er nur noch einen Aschenbecher finden, und die Sache war perfekt.

Robby Botter ging in die Diele und durchstöberte die Kommode, in der Sachen aufbewahrt wurden, die nur ganz selten benutzt wurden. In der mittleren Schublade fand er einen Marmoraschenbecher, ein Prachtstück in Fischform. Den brachte er ins Wohnzimmer und stellte ihn neben die Zigarrenkiste. Sein Blick fiel auf das Sofa; die großen Mulden in den Sitzkissen konnten von keinem der Kinder stammen; sie waren zu groß. Robby Botter schüttelte die Kissen auf und legte sie ordentlich zurück. Ein Kissen fehlte. Es war Billis dunkelblaues Samtkissen mit den gelben Sternen darauf.

Aber Robby Botter hatte jetzt keine Zeit, darüber nachzudenken. Er verließ rasch das Wohnzimmer und ging in die Küche zurück. Der Einbrecher sollte so schnell wie möglich eine Zigarre rauchen und sich dadurch verraten!

Auf der Fensterbank döste Leo vor sich hin.

»Verstehe. War hier etwas los?« fragte Robby Botter und schüttelte Leo.

Leo war sofort wach. »Hier war überhaupt nichts los, los, los.«

Robby Botter zuckte mit den Achseln und ging hinaus in den Garten. Er holte die Gießkanne aus dem Geräteschuppen und begoß die Sonnenblumen, die unter dem geöffneten Wohnzimmerfenster wuchsen. Nach der fünften Gießkanne war es endlich soweit: Aus dem Wohnzimmerfenster roch es nach Zigarrenrauch. Sein Plan war geglückt! Robby Botter stellte die Gießkanne zurück in den Geräteschuppen und ging ins Haus.

Um keinen Verdacht zu erregen, nahm er den Staubwedel mit ins Wohnzimmer und fuhr damit über die Möbel. Die Sofakissen waren schon wieder eingedrückt, und im ganzen Zimmer roch es nach Zigarre. Aber kein Rauch war zu sehen, der Aschenbecher war unbenutzt. Der Unsichtbare mußte das Wohnzimmer schon vor einer Weile verlassen haben.

Also verließ auch Robby Botter den Raum und schnupperte das ganze Haus ab. Nur in der Diele roch es nach Rauch.

Robby Botter prüfte den Garderobenständer, ob einer seiner vielen Jacken oder Mäntel fehlte. Es fehlte nichts. Dann warf er sich einen grauen Popelinemantel über, der so ähnlich aussah, wie ihn Kommissare in Kriminalfilmen trugen, nahm einen der vielen Hüte vom Hutständer und setzte ihn auf. Die breite Krempe zog er schräg ins Gesicht. Er fand, daß er jetzt passend gekleidet war, und lehnte sich an den

Pfosten der Küchentür. Er dachte nach. Der Unsichtbare mußte entweder im Garten oder im Maschinenraum sein.

Robby Botter wollte erst einmal im Maschinenraum nachsehen und öffnete eine Klapptür, die im Dielenboden eingelassen war. Er stellte sich auf die erste Stufe der langen Treppe. Der Zigarrengeruch war hier stärker als in der Diele.

So leise er konnte, schlich Robby Botter die Treppen zum Maschinenraum hinunter. Unten verflüchtigte sich der Geruch, denn der Maschinenraum war beinahe so groß wie der ganze Sperrmüllplatz darüber. Robby Botter mußte sich anstrengen, um der Geruchspur folgen zu können. Sie führte vorbei an Billis Lernmaschine und der Aufräumkiste, durch einen langen Gang zwischen hohen Regalen, in denen alte Schreibmaschinen standen. Am Ende des Ganges bog die Spur rechts ab, in den hintersten Teil des Maschinenraumes.

Robby Botter war dort schon fast ein Jahr nicht mehr gewesen. Er entdeckte ein Regal mit längst vergessenen alten Küchenmaschinen. Hier hatte auch Leo gestanden, ehe Robby Botter ihn in die Küche geholt und sich mit ihm angefreundet hatte.

Hinter dem nächsten Regal drang durch einen hohen Luftschacht spärliches Licht, und hier entdeckte Robby Botter das Lager des Unsichtbaren. Auf einer Matratze, die vom Sperrmüllplatz stammte, lagen Billis blaues Samtkissen mit den Sternen darauf, eine Decke und ein Koffer, dessen Deckel offen stand. Im Koffer lagen bündelweise Geldscheine. Dazwischen blitzten Schmuckstücke auf. Über dem Ganzen schwebte eine dicke Wolke Zigarrenrauch.

Robby Botter erstarrte. Ihr Unsichtbarer mußte der Einbrecher sein, von dem seit Tagen in der Zeitung berichtet wurde. Ihm war jetzt alles klar: Der Einbrecher hatte sich in den Sperrmüllplatz eingeschlichen, den Lastenaufzug neben dem Verwaltungshäuschen entdeckt und war damit in den Maschinenraum gefahren. Dort hatte er die Luftmaschine gefunden. Und damit machte er sich schon seit Tagen unsichtbar! Logisch, daß ihn keiner sah! Und außerdem hortete er hier im Maschinenraum seine Diebesbeute!

Robby Botter starrte auf den Koffer. Er hatte noch nie so viel Geld und Schmuck auf einem Haufen gesehen.

Plötzlich knallte der Kofferdeckel zu, und die dicke Rauchwolke verschwand.

Robby Botter eilte so schnell er konnte zur Luftmaschine, quer durch den Maschinenraum.

Die Luftmaschine war die größte Maschine hier. Sie stand hinter einem schwarzen Vorhang, der halb geöffnet war. An der dicken Metalltür haftete ein Zettel:

VOR GEBRAUCH BITTE LESEN

1. So wird man unsichtbar

a) In die Luftmaschine stellen, Tür schließen.
b) An den Ort denken, an dem man als Unsichtbarer landen möchte.

2. So wird man sichtbar

a) Den Ort, an dem man sich befindet, rückwärts denken. Beispiel: ROM → MOR.
b) Sobald man in der Luftmaschine wieder sichtbar ist, Türe öffnen, Luftmaschine verlassen.

Robby Botter machte sich Vorwürfe. Er hatte diesen Zettel vor ein paar Wochen angebracht. Damit wollte er verhindern, daß sich eines der Kinder versehentlich unsichtbar machte und nicht mehr zurückfand. Ohne es zu wissen, hatte er damit dem Einbrecher geholfen.

Das blaue Lämpchen an der Metalltür blinkte. Es machte sich gerade jemand sichtbar.

Das Lämpchen hörte zu blinken auf, die schwere Metalltür öffnete sich, und ein breitschultriger, leicht gedrungener Mann trat heraus.

Der Mann paffte noch an dem Zigarrenstummel und grinste. »Hey, du alter Roboter! Spiel hier nicht den Bullen! Ich weiß genau, daß du nur heiße Drähte in deinem Matschhirn hast!«

Robby Botter wurde mit einem Schlag klar, daß der Einbrecher ihn, Billi, Max und Floh kannte; er hatte sich wohl schon eine Weile als Unsichtbarer hier herumgetrieben.

Robby Botter spürte, wie die Elektronik in seinem Bauch durcheinander kam. Er sammelte seine ganze Energie und brüllte: »Verstehe. Sie verlassen sofort das Gelände. Sonst bin ich gezwungen, die Polizei zu rufen!«

Freilich würde Robby Botter nur im äußersten Notfall die Polizei holen; er gäbe ja damit das Geheimnis des Sperrmüllplatzes preis. Mit dieser Drohung hoffte er nur, den Einbrecher einzuschüchtern.

Der Einbrecher nahm die Zigarre aus dem Mund, spuckte auf den Boden und sah Robby Botter spöttisch an. »Dann hol sie doch!«

Robby Botter versuchte es noch einmal. »Verstehe«, sagte

er. »Ich werde die Polizei holen!« Er machte ein paar Schritte zur Treppe.

»Halt! Stehenbleiben, oder ich schieße!« brüllte der Einbrecher. Er hatte eine Hand in der Jackentasche, die von etwas Länglichem ausgebeult war. Eine Waffe! schoß es Robby Botter durch den Kopf. Er blieb stehen, hob die Hände und drehte sich um.

Der Einbrecher mußte sich schon tagelang nicht mehr rasiert haben. Seine schwarzen Bartstoppeln auf den dicken Wangen wirkten wie Kaktusstacheln. Die schmalen, dunklen Augen wanderten unruhig umher. Er war nervös.

Das beruhigte Robby Botter. Wahrscheinlich wußte der Einbrecher nicht, daß kein Außenstehender – außer Max und Floh – das Geheimnis des Sperrmüllplatzes kannte. Der Einbrecher war offensichtlich nicht aus dieser Stadt.

»Verstehe«, sagte Robby Botter. »Sie können ruhig auf mich schießen. Roboter sterben nicht!«

Ein kurzes, kleines Entsetzen huschte über das Gesicht des Mannes, doch dann sprang er mit einem Satz auf Robby Botter zu, riß ihn am Arm herum und warf ihn zu Boden. Schneller als Robby Botter denken konnte, zog der Einbrecher einen Strick aus der Jackentasche und fesselte ihm die Arme auf den Rücken.

Vor Schreck kam Robby Botters Sprachzentrum völlig durcheinander. Er brachte nur noch »versteh ... versteh ... versteh ...« heraus, wie eine Schallplatte mit Sprung. Dann gab er auf und lag still auf dem Boden. Er dachte an Billi, Max und Floh und hoffte, sie würden ihn nicht finden – zumindest nicht, solange der Einbrecher hier unten war.

3. Kapitel

Billi, Max und Floh waren immer noch in der Möbelabteilung des Sperrmüllplatzes.

Billi knallte den Deckel einer alten Truhe zu. »Es hat keinen Sinn«, sagte sie. »Am besten, wir gehen ins Verwaltungshäuschen und schauen im Computer nach. Dort ist alles gespeichert, was hier rumliegt!«

Max nickte, und Floh zappelte aufgeregt. »Super! Ich war noch nie im Verwaltungshäuschen!«

Billi warf einen strengen Seitenblick auf Floh. »Es wird nichts angefaßt und an keinem Knopf herumgedreht, verstanden?«

Floh nickte flüchtig, sagte »ja, ja!« und rannte den langen Gang entlang, der von hohen Schränken gebildet wurde. Billi und Max folgten ihm. Ihr Weg führte durch die Küchenabteilung, vorbei an einer Reihe alter Herde, machte dort eine Kurve und endete an einem freien Platz. Auf der gegenüberliegenden Seite war das Eingangstor. CAVALIERI, DAS ERSTE SPERRMÜLLPLATZ-DRIVE-IN stand auf einer großen Tafel darüber. An Wochentagen luden dort die Leute ihren Sperrmüll ab. Sie legten ihre alten Plattenspieler, Kühlschränke oder Kommoden auf ein Förderband, das alle Sachen nach hinten schaffte. Niemand konnte sehen, daß dort die Aufräumkiste wartete und die Sachen in die verschiedenen Abteilungen räumte.

Und niemand wußte, daß der freundliche Herr Botter, der im Verwaltungshäuschen hinter einer dicken Glasscheibe saß, ein Roboter war. An Wochenenden war der Platz hinter dem Fenster leer.

Billi zog einen Schlüssel aus der Jackentasche und sperrte die Tür des Verwaltungshäuschens auf.

Floh zwängte sich an ihr vorbei und setzte sich sofort auf Robby Botters Drehstuhl vor der Glasscheibe. »Super! Robby hat hier den totalen Überblick!« sagte er und drehte sich mit dem Stuhl.

Max stoppte ihn. Niemand schaffte es in so kurzer Zeit wie sein Bruder, alles mögliche kaputtzumachen. »Du bleibst still hier sitzen, bis wir alles durchgesehen haben!« sagte Max.

Floh machte einen Schmollmund, drehte sich zur Glasscheibe und sah hinaus.

Billi setzte sich vor den Computerbildschirm und schaltete die Maschine an. Es surrte leise, während auf dem Bildschirm giftgrüne Zahlen erschienen und wieder verschwanden, um neuen Zahlen Platz zu machen. Max stand mit gespanntem Blick daneben. Endlich hielt der Bildschirm an, auf dem jetzt zu lesen war:

WILLKOMMEN IM VERWALTUNGSPROGRAMM.
GEBEN SIE BITTE DAS PASSWORT EIN.

Billi tippte auf der Tastatur: BETHA, ILSE, LORETTA, LAMDA, ILKA CAVALIERI. Das war ihr richtiger Name; Billi war nur die Abkürzung aller Vornamen.

Auf dem Bildschirm erschien: PASSWORT KORREKT, WAS WÜNSCHEN SIE?

Billi tippte SUCHE ROSENKRANZ ein und drückte die Befehlstaste.

Auf dem Bildschirm lief eine Folge von komischen Wörtern und Zahlenreihen ab. Schließlich stoppte der Ablauf, und es war zu lesen: `ROSENKRANZ NICHT GEFUNDEN.`

Billi zuckte mit den Achseln. »Dann eben nicht«, sagte sie und schaltete den Computer aus.

Plötzlich drang aus dem Lautsprecher, der draußen am Verwaltungshäuschen installiert war, eine blecherne Stimme. »Alles klar, eine alte Kaffeemaschine, eine Stehlampe und ein Bett!« Es war Floh, der das Mikrofon entdeckt hatte und so leise redete, daß man es im Raum kaum hörte. Draußen aber konnte man ihn laut und deutlich verstehen. Es klang, als ob Robby Botter mit einem Sperrmüllplatzkunden durch das Mikrofon redete. »Toll«, sagte Floh leise ins Mikrofon. Draußen hörte man es ganz laut: »Toll. Jetzt versteh ich, warum Robby nur durch das Mikro mit den Leuten redet. Da kommt nie einer drauf, daß seine Stimme in Wirklichkeit genauso komisch klingt wie aus dem Lautsprecher!«

Billi und Max fuhren herum. Billi riß ihm das Mikrofon aus der Hand und drehte es ab. »Bist du wahnsinnig? Soll die ganze Stadt unser Geheimnis erfahren?«

Floh zog eine Schnute. »Dann sag ich halt was anderes!«

Billi schubste ihn vom Stuhl und stellte das Mikrofon an seinen Platz. »Du sagst gar nichts mehr! Wir gehen jetzt sowieso zurück!«

Max nahm ihn an der Hand und zog ihn aus der Tür, die Billi hinter ihnen abschloß. Mit hängenden Schultern schlurfte Floh Max und Billi nach, bis sie am Schrank angelangt waren, der zum Garten führte. Die drei schlüpften durch und gingen ins Haus.

In der Diele stand immer noch die Bodenklappe offen.

»Gehn wir runter! Robby muß unten sein«, sagte Billi und stieg die Treppen hinunter.

Max und Floh folgten ihr.

Nach den ersten zehn Stufen blieb Billi stehen und drehte sich um.

»Hier riecht's aber komisch. Was ist denn das?« Sie sog den Zigarrengeruch ein.

Max und Floh schnüffelten auch. »Kalter Rauch!« sagte Max.

Billi riß die Augen auf. »Genau! Das ist Rauch! Zigarrenrauch! Ich kenne diesen Geruch! Da stimmt was nicht!« sagte sie und rannte los.

Max und Floh hatten Mühe, ihr zu folgen.

Unten erstarrten alle drei. Robby Botter lag vor der Luftmaschine, mit dem Gesicht zum Boden. Der Einbrecher saß ihm gegenüber auf einem Stuhl. Er schien auf die Kinder gewartet zu haben. »Na endlich!« sagte er. »Ich hab schon gedacht, ihr seid beim Rosenkranzsuchen im Weihwasser ertrunken!«

Billi faßte sich als erste und stürzte zu Robby Botter, um ihn von den Fesseln zu befreien. Doch der Einbrecher sprang auf und rief: »Halt, mein Täubchen!« Er steckte die Hand in die Jackentasche.

Fast automatisch hob Billi die Hände und starrte auf die ausgebeulte Jackentasche.

Robby Botter richtete sich ein wenig auf und drehte den

Kopf. Er war mit einem Taschentuch geknebelt und brachte nur unverständliche Grunzlaute hervor.

Billi sah abwechselnd auf Robby Botter und den Einbrecher. Ihre Kehle war ganz trocken.

»Warum hast du ihn gefesselt und geknebelt?« flüsterte sie.

Der Einbrecher setzte sich wieder, behielt aber die Hand in der Jackentasche und streckte die Beine aus. »Er wollte die Bullen holen!«

Billi senkte die Arme und sah Robby Botter mit großen Augen an. »Du wolltest die Polizei holen? Spinnst du! Dann wär hier doch alles aus!«

In den Augen des Einbrechers blitzte es auf. »Ha! Ich hab mir doch gleich gedacht, daß hier irgendwas faul ist! Ihr habt also auch Dreck am Stecken!«

Max fuhr hoch. Sein käseweißes Gesicht bekam etwas Farbe. »Mensch, Billi!« sagte er.

»Halt's Maul«, zischte der Einbrecher und zuckte mit der Hand in der Jackentasche.

Max zog den Kopf ein und trat einen kleinen Schritt zurück. Die Farbe in seinem Gesicht verschwand so schnell, wie sie gekommen war.

Der Einbrecher stupste Robby Botter mit dem Fuß an und sah dabei zu Billi. »Hab schon geschnallt, was hier abläuft. Du wohnst hier mit dieser Blechkiste zusammen und scheinst keine Eltern mehr zu haben! Tja! Wenn das rauskommt, heißt's ab ins Waisenhaus!«

Billi stemmte die Arme in die Hüften und stellte sich vor den Einbrecher. »Damit du's ganz genau weißt: Mein Vater kommt bald zurück; und ich werde jetzt Robby Botter befreien! Jawohl!«

Der Einbrecher zuckte gelangweilt mit den Schultern.

Billi beugte sich zu Robby Botter und nahm ihm den Knebel aus dem Mund.

Robby Botters Sprachzentrum war immer noch durcheinander. »Verstehe ... verstehe ... verstehe ... verstehe ...« sagte er ohne Unterbrechung.

Billi gab ihm einen kräftigen Klaps auf den Rücken. Das half.

»Vorsicht!« sagte Robby Botter. »Das ist der Einbrecher, von dem jeden Tag was in der Zeitung steht. Er macht sich in der Luftmaschine unsichtbar und ist wahrscheinlich schon seit ein paar Tagen bei uns!«

Die Kinder sahen den Mann mit großen Augen an.

Max sagte: »*Das* ist es also – ein Unsichtbarer!«

Der Einbrecher kicherte und spuckte dann auf den Boden, direkt neben Robby Botters Hut.

Billi schnaufte zornig, sagte aber nichts und löste die Fesseln von Robby Botters Beinen. Aus den Augenwinkeln beobachtete sie den Einbrecher.

Der Einbrecher fuhr mit den Fingern durch seine fettigen, schwarzen Haare und lehnte sich zurück. »Nur zu! Die Blechkiste kann mir sowieso nichts mehr anhaben!« sagte er und grinste unverschämt.

Billi machte weiter und löste die Schnüre von Robby Botters Händen. Als sie alle Fesseln gelöst hatte, setzte sich Robby Botter auf und streckte die Arme. Es quietschte leise.

Billi half ihm beim Aufstehen und versuchte gleichzeitig,

sich an alle Anstandsregeln, die er ihr beigebracht hatte, zu erinnern. Sie wollte so erwachsen wie möglich wirken. Vielleicht half das.

Billi machte eine kleine Verbeugung und lächelte den Einbrecher schief an. »Ich ersuche Sie höflich, unser Haus zu verlassen.« Dann hob sie Robby Botters Hut auf und wischte ihn sauber. Über den Hutrand sah sie den Einbrecher an. »Haben Sie nicht gehört? Wir möchten gerne, daß Sie sofort unser Haus und das Gelände verlassen!«

Der Einbrecher stand langsam auf und schlenkerte mit dem freien Arm. Die andere Hand steckte immer noch in der Jackentasche. »Kann ich schon machen«, sagte er. »Aber mein erster Weg führt in eine Telefonzelle. Da geb ich den Bullen mal einen Tip. Die soll'n mal nachsehen, was hier los ist!«

Floh war schon die ganze Zeit von einem Bein auf das andere getreten. Als der Einbrecher zur Treppe ging, konnte er sich nicht mehr halten. Er sprang auf den Mann zu, krallte sich an dessen Hosengürtel fest und trat kräftig in sein Schienbein. »Wenn du auch nur einem Menschen erzählst, daß Billi hier mit Robby Botter wohnt, dann ...«

Der Einbrecher griff nach Floh und hob ihn hoch, als hätte er ein Plüschtier in der Hand. Er grinste breit und zeigte dabei die Zähne. Ganz hinten blitzte eine Goldplombe. »Aha«, sagte er. »Deine Freundin wohnt wohl illegal hier, ha? Und ihr seid die Komplizen! Feine Gesellschaft ist das. Eine wirklich feine Gesellschaft!«

Floh schielte in das Bartstoppelgesicht. »Sind wir nicht!« krähte er.

Der Einbrecher ließ ihn los. Floh knallte auf den Boden. Zornestränen rannen ihm übers Gesicht, während er sich aufrappelte.

Billi klopfte Floh auf die Schulter. »Ist schon gut. Aber er hat uns wohl in der Hand!«

Der Einbrecher grinste. »Genau das habe ich!« sagte er und zog die Hand aus der Jackentasche.

Billi, Max und Floh zuckten zusammen, Robby Botter stellte sich schützend vor die Kinder. Doch dann sahen sie, womit ihnen der Einbrecher die ganze Zeit angst gemacht hatte. Es war ein Stück Holz, weiter nichts.

»O nein!« rief Billi und setzte sich auf einen Schemel. »Der hat geblufft! Das darf doch nicht wahr sein!«

Der Einbrecher spuckte sich in die Hände und wischte sie an der ausgebeulten grauen Hose ab. Er sah in die Runde. »Auf eure Gastfreundschaft kann ich doch zählen, ha? Ich werde hier unten meine Zelte abbauen und mich oben einquartieren!«

»Zieh sofort Leine! Wir brauchen keinen Gast. Und so einen widerlichen Fettwanst wie dich schon gar nicht!« sagte Billi.

Der Einbrecher hob die Hand. »Das sagst du nicht noch einmal!«

Billi duckte sich. »Hau mich bloß nicht! Man schlägt keine Dame!«

»Dame?« Der Mann grinste spöttisch. »Da mußt du noch ganz schön viel lernen!«

Billi kniff die Augen zusammen. »Ja, ja! Wie benehme ich mich bei Einbrechern gründlich daneben – das fehlt mir noch!«

Robby Botter machte zwei vorsichtige Schritte auf den Einbrecher zu und blieb eine Armlänge vor ihm stehen. Er verbeugte sich. »Verstehe. Sie sind unser Gast. Darf ich fragen, wen wir beherbergen?«

Der Einbrecher sah Robby Botter an, als ob er einen rohen Fisch verschluckt hätte. »Hä?« sagte er.

»Verstehe. Ich wollte wissen, wie Ihr werter Name ist!« Robby Botter verbeugte sich noch einmal. »Wenn Sie nun schon unser Gast sind, müssen wir doch wenigstens wissen, wie Sie heißen!«

Der Einbrecher steckte die Hände in die Hosentaschen und zwickte die Augen zusammen, bis nur noch zwei dünne Striche unter der Stirn zu sehen waren. »Das ist doch eine Finte!« zischte er. »Du willst wissen, wie ich heiße, um mich zu verpfeifen! Aber nichts da! Sollten mich die Bullen hier erwischen, dann ist es auch mit euch aus!«

Billi verschränkte die Arme über der Brust und musterte den Mann. Ihr Blick wanderte von der lichten Stelle in den Haaren über das rot-weiß gestreifte T-Shirt, das von einem kleinen Bauch ausgebeult wurde, bis zu den Schuhen, deren staubiges Braun eher grau wirkte. »Nennen wir ihn doch Schmuddelbauch!« sagte sie und grinste. »Oder hast du einen anderen Spitznamen?«

Der Einbrecher zog ein Bonbon aus der Hosentasche und hielt es hoch. »Mein Markenzeichen sind Zitronenbonbons. Deshalb haben sie mich Al Zitrone den Großen genannt!« Er wickelte das Bonbon aus, steckte es in den Mund und begann schmatzend zu lutschen.

Floh kicherte. »Hi, hi! Al Zitrone!«

Max stupste ihn. »Sei still! Sonst verprügelt er dich!«

Flohs Gesicht wurde sofort ernst. Er drückte sich hinter seinen Bruder.

Doch Billis Augen blitzten auf. »Al Capone! Melone! Zitrone!«

Robby Botter schob Billi nach hinten. Zu Al Zitrone sagte

er: »Verstehe. Möchten Sie *unsere* Zitronenbonbons probieren? Wir haben auch Zitronenbonbons im Haus.«

Al Zitrone zuckte verächtlich mit dem Mundwinkel. »Seit ich im Knast war, bin ich meiner Marke treu geblieben. Es gibt keine besseren als die echten *Wärter* Zitronenbonbons!«

Max machte große Augen und schluckte. »Sie waren im Gefängnis?«

Al Zitrone grinste. »Was denkst denn du? Alle großen Einbrecher waren schon mal im Gefängnis!«

Floh drängelte sich aufgeregt vor. »Sie sind ein wirklich großer Einbrecher? So was wie ein Mafia-Boß?«

Al Zitrone lächelte verlegen und hob die Schultern. »So was Ähnliches«, sagte er.

Billi zwängte sich an Robby Botter vorbei, holte den Schemel, der hinter dem Regal stand, und stellte sich darauf. Sie war jetzt fast so groß wie Al Zitrone. »Ich dachte immer, große Einbrecher sind mindestens ein Meter neunzig lang!«

Al Zitrone schüttelte den Kopf. »Große Einbrecher haben mindestens fünf große Überfälle gemacht und waren mindestens dreimal im Knast!«

Max sperrte die Augen auf. »Sie waren schon *drei*mal im Gefängnis?«

Al Zitrone reckte stolz die Brust. In seinem offenen Hemdkragen stellten sich die schwarzen Brusthaare auf. »Dreimal? *Fünf*mal war im Bau drin. Bin ja erst vor drei Wochen raus!«

»Seit drei Wochen sind Sie schon hier?« fragte Max.

Al Zitrone schüttelte den Kopf. »Nö. Hier bin ich erst seit

sechs Tagen. Vorher hab ich im Freien geschlafen. Himmel, da ging's mir dreckig!«

Billi sprang vom Schemel. »Dann hättest du dich besser in der Seifenfabrik eingenistet!« sagte sie.

Der Einbrecher sah Billi mit einem süß-sauren Grinsen an. »Dann hätte ich dich doch nicht kennengelernt. Dich und deine netten Freunde, die mich hier so herzlich aufnehmen!« Er lachte dreckig. »Ha, ha! Aufnehmen müssen! Verstanden?«

Billi senkte den Blick und zog mit der Schuhspitze einen Kreis am Boden. Sie mußten diesen Typ hier wohnen lassen; er hatte sie in der Hand ...

Al Zitrone klatschte in die Hände. »So! Und jetzt zeigt mir mal das Gästezimmer!«

Billi hob den Kopf. »Wir haben keins!«

»Wir werden schon eins finden!« antwortete Al Zitrone und schickte sich an, nach oben zu gehen. An der Treppe drehte er sich um. »Na los! Worauf wartet ihr? Wir sehen uns mal das Haus an, und ich sage euch, welches Zimmer mir gefällt!«

Robby Botter machte sich als erster auf den Weg, dann Max und Floh. Zum Schluß folgte Billi. Sie hatte das Gefühl, ganz schön in der Patsche zu sitzen. Ein Gefühl, das sie zum erstenmal so richtig spürte. Es zog sich von den Haarspitzen bis zu den Zehen. Billi atmete tief durch. Das half etwas. Aber schon auf der übernächsten Stufe kam dieses Gefühl von neuem. Billi konnte es nicht ausstehen. Sie machte sich Luft und rief so laut sie konnte: »Verdammt noch mal! Wir haben kein Gästezimmer!«

Die Karawane hielt an, Al Zitrone drehte sich um. »Brauchst nicht so zu schreien. Ich höre gut! Und ich versprech dir, daß wir ein Gästezimmer für mich finden. Das schönste!« Er ging weiter, die anderen folgten ihm.

Oben in der Diele stellte sich Al Zitrone breitbeinig in die Küchentür. »Zuerst zeigt ihr mir euren Weinkeller und wo ihr das Bier versteckt. Ich hab schon fast alles gefunden, nur das nicht!«

Robby Botter verschränkte die Arme am Rücken. »Verstehe nicht. Aber hier im Haus trinkt niemand Alkohol!«

»Dann bin ich eben der erste! Ihr werdet für mich ein Getränkelager einrichten«, sagte Al Zitrone bestimmt und sah sich um. Er entdeckte die Tür zu Robby Botters begehbarem Schrank, öffnete sie und wühlte in den Kleidungsstücken herum. Schließlich holte er Robby Botters schwarze Samtjacke heraus und prüfte den Stoff. »Gute Qualität. Sehr fein!« sagte er.

Robby Botter nickte. »Danke für das Kompliment!«

Al Zitrone schleuderte seine abgewetzte Jacke neben den Schirmständer. Er zog sich Robby Botters Jacke an und breitete die Arme weit aus. Am Rücken platzte die Naht. »Mist! Die Blechkiste ist also um ein paar Nummern kleiner als ich!« Er zog die Jacke wieder aus, grapschte sich seine alte und warf sie sich über. Dann riß er sämtliche Kleidungsstücke von den Kleiderbügeln und schleuderte sie durch die offene Küchentür. »Hier wird das Getränkelager eingerichtet!« sagte er.

Robby Botter reichte es. Er gab der Aufräumkiste in

Maschinensprache ein Signal, das Al Zitrone weder hören noch verstehen konnte. Ein paar Sekunden später rollte die Aufräumkiste lautlos durch die Luke im Dielenboden, öffnete ihren runden Bauch und sog Robby Botters Kleider ein. Sie schloß den Bauch, rappelte kurz, schwebte zum begehbaren Schrank und öffnete den Bauch. Die Kleider flogen zurück auf die Kleiderbügel, fein ordentlich gebügelt.

Al Zitrone hatte das Ganze mit offenem Mund und großen Augen beobachtet. Diese Maschine war ihm nicht geheuer. »Tu das Ding weg!« sagte er zu Robby Botter. »Und hol gefälligst die Sachen wieder aus dem Schrank!«

Robby Botter wiegte den Kopf und verbeugte sich. »Verstehe«, sagte er langsam. »Aber die Aufräumkiste kann nicht anders. Die Kleider gehören in den Schrank, und sie wird sie immer wieder dorthin aufräumen!« Er gab der Aufräumkiste ein Signal. Lautlos schwebte sie in den Maschinenraum zurück. Al Zitrone sah ihr ängstlich nach.

Billi zwinkerte Robby Botter zu. Sie hatte bisher nicht gewußt, wie toll er lügen konnte. Außerdem machte ihr der ängstliche Blick des Einbrechers Hoffnung. Wenn er auch sonst vor nichts Respekt hatte – aber Maschinen, die man nicht abstellen konnte, schienen ihm ziemliche Angst einzujagen.

Das war leider schnell vorbei. Al Zitrone klatschte in die Hände, wie ein Pascha, der seine Bediensteten ruft. »Los, los! Wir gehen jetzt ein Gästezimmer suchen!« rief er und machte sich auf den Weg in den ersten Stock. Oben stieß er mit dem Fuß Billis Tür auf. Er stolperte über den Kleiderberg vor dem offenen Schrank. »Und warum räumt das Ding diese Kleider nicht auf?« fragte er.

»Weil das meine Ordnung ist, die so bleiben muß!« antwortete Billi, die dicht hinter ihm stand.

Al Zitrone zuckte mit den Achseln und setzte sich an Billis Schreibtisch unter dem Fenster. Er grapschte nach der Finger-Weg-Dose und wühlte darin.

Die Finger-Weg-Dose war eine bunt bemalte Zuckerdose mit Blitzen, Totenköpfen und Sternen, die zu explodieren schienen. Auf dem Deckel stand in Billis Krakelschrift: FINGER WEG!

Billi stürzte zum Schreibtisch und versuchte, Al Zitrone die Dose zu entreißen, aber der stand einfach auf und hielt sie in die Höhe. »Ich will wissen, was da drin ist!« sagte er. »Du wirst doch deinem Gast diesen Wunsch nicht abschlagen – oder?«

Robby Botter strich über Billis Haar. »Verstehe. Aber es ist klüger, ihm deine Schätze zu zeigen«, sagte er.

»Okay«, sagte Billi und preßte die Lippen zusammen. Sie setzte sich aufs Bett und sah Al Zitrone mit zornig funkelnden Augen an.

Max und Floh setzten sich neben Billi. Sie wußten selbst nicht, was Billi in der Dose aufbewahrte, und warteten gespannt, was Al Zitrone herausholen würde.

Der erste Gegenstand war Billis alter, verrosteter Orden, den sie zu besonderen Gelegenheiten trug. »Mein Orden! Gib ihn her!« rief Billi aufgeregt. Sie hatte Angst, Al Zitrone würde ihn behalten.

Der aber drehte ihn nur verächtlich in den Fingern und

warf ihn dann Billi zu. »Den Schrott kannst du behalten«, sagte er und wühlte weiter. Er zog eine winzige Kühltruhe heraus, die mit Batterie betrieben wurde, öffnete sie und starrte hinein.

Billi rief: »Mach den Deckel zu, sonst schmilzt die Eisblume!«

Al Zitrone kümmerte sich nicht darum. Mit den Fingerspitzen holte er eine kleine Eisblume heraus, die gläsern schimmerte. Kaum hatte er sie in der Hand, tropfte schon Schmelzwasser herab.

»Leg sie sofort wieder in die Truhe! Sie schmilzt doch schon!« rief Billi.

Mit einem breiten Grinsen im Gesicht schloß Al Zitrone die Hand und wartete so lange, bis die Blume geschmolzen war.

Billi hielt die Hand vor das Gesicht, um nicht zusehen zu müssen. »Es reicht jetzt!« sagte sie.

Aber Al Zitrone ließ sich nicht stören. Als nächstes holte er eine kleine, grüne Gummischildkröte aus der Dose.

Billis Augen blitzten auf. Sie spitzte den Mund und klatschte in die Hände.

Plötzlich verwandelte sich die Schildkröte in ein Krokodil. Al Zitrone ließ das Krokodil vor Schreck fallen und starrte es an. Billi klatschte wieder, und das Krokodil verwandelte sich in eine Schlange.

Al Zitrone sprang auf und drückte sich an den Vorhang. »Aufhören! Laß das bleiben!« rief er.

Max stupste Billi und flüsterte: »Was ist denn das?«

Billi klatschte in die Hände, die Schlange wurde zu einem

niedlichen Affen. »Das ist mein Alles-Tier. Es reagiert auf laute Geräusche und kann die Gestalt von allen Tieren der Welt annehmen!«

»Toll!« rief Floh und klatschte ganz laut in die Hände. Der Affe wurde zum Löwen.

Al Zitrone sprang auf den Löwen zu und trat darauf. Unter den schweren Schuhen knackte es.

»Nein!« rief Billi entsetzt. »Jetzt hast du mein Alles-Tier kaputtgemacht!«

Al Zitrone verzog das Gesicht, hob den zerquetschten Löwen auf und warf ihn in die Dose. »Der ärgert mich nicht mehr!« sagte er und ging zur Tür. »Hier gefällt's mir nicht.«

Er schlurfte in Robby Botters Zimmer, die anderen folgten ihm.

Hier war alles bestens aufgeräumt. In der Mitte des Raumes stand Robby Botters Bett, eine große Schachtel, die mit Styroporflocken gefüllt war. Rechts daneben ein braunes Schränkchen, auf dem das Anstandsbuch lag. Vor dem Fenster stand ein Korbtisch mit zwei Korbstühlen und an der linken Wand ein großer Schrank.

Al Zitrone plumpste auf einen Korbstuhl, streckte die Beine aus und sah sich um. Zufrieden schnaufte er aus. »Mmh. Das gefällt mir. Ich brauch nur ein anständiges Bett, dann ist die Sache perfekt!«

Max und Billi lehnten in der Tür.

Billi verschränkte die Arme. »Und wo soll Robby schlafen?«

»In deinem Saustall oder in der Küche. Ist mir doch egal«, antwortete Al Zitrone.

Robby Botter zwängte sich zwischen Billi und Max. Mit einer kleinen Verbeugung sagte er: »Wie Sie wünschen, Herr Al Zitrone. Ich werde sofort die Aufräumkiste losschicken, damit sie Ihnen ein Bett besorgt. Mein wertes Bett werde ich ins Wohnzimmer stellen.«

Al Zitrone schüttelte den Kopf. »Dein Bett kommt auf gar keinen Fall ins Wohnzimmer. Da will ich in aller Ruhe fernsehen!«

Robby Botter nickte. »Verstehe. Die Aufräumkiste holt ein Bett, und ich schlafe in der Küche!«

Al Zitrone rieb sich die Hände. Mit einem Seitenblick zu Robby Botter sagte er: »Die Blechkiste ist hier der einzig vernünftige Mensch ... äh, ich meine Roboter!« Er stand auf und winkte Billi und Max. »Jetzt ist Fernsehzeit! Ich geh runter, und ihr holt mir was zu trinken!« Er kramte in seiner Hosentasche und zog einen Fünfzigmarkschein heraus, den er Max reichte. »Hier. Am Kiosk verkaufen sie auch am Sonnabend Bier. Ich will fünf Flaschen!«

Max steckte den Geldschein ein, nickte und machte Al Zitrone Platz, der nach unten ins Wohnzimmer ging und den Fernseher anstellte.

Robby Botter, Billi, Max und Floh verschwanden in der Küche.

Billi setzte sich und vergrub das Kinn in den Händen. »Wir sitzen bis zum Hals in der Tinte!« sagte sie.

»Mhhm«, antworteten Max und Floh.

»Verstehe«, sagte Robby Botter. »Wir müssen Al Zitrone loswerden!«

Billi sah auf. »Aber wie?«

Aus dem Wohnzimmer schallte Al Zitrones Stimme: »Hey, Blechkiste! Komm mal rüber!«

Billi, Max und Floh sahen zur Decke. Robby Botter ging ins Wohnzimmer, die anderen hinterher.

Im Fernsehen liefen gerade Nachrichten. Es wurde von

einem weiteren Überfall an einer Tankstelle berichtet. Obwohl mehrere Kunden und ein Angestellter an der Kasse gewesen waren, hatte niemand den Täter gesehen.

Al Zitrone lag auf dem Sofa und lachte.

»Das warst du!« sagte Billi.

Al Zitrone nickte. »Genau! Aber was macht ihr noch hier? Holt endlich mal mein Bier! Außerdem hab ich Hunger! Was gibt's heute abend?«

»Verstehe. Heute abend gibt es Frisch-Fisch-Fritten«, antwortete Robby Botter.

Auf die Ellenbogen gestützt richtete sich Al Zitrone auf. »Hä? Frisch-Fri-Fri-Fitsch? Das kann man ja nicht mal aussprechen! Wie soll das erst schmecken?«

»Affenscharf schmeckt das!« rief Billi. »Frisch-Fisch-Fritten sind mein zweites Lieblingsgericht. Eine Mischung aus Fischstäbchen und Pommes frites!«

Al Zitrone räkelte sich faul in den Kissen. »Schon verstanden. Heute gibt es keine Fri-Fritsch oder so ähnlich. Heute gibt es schöne saftige Steaks mit Kartoffeln! In eurer Kühltruhe sind noch welche, ich hab's gesehen!«

»Hast wohl überall rumgeschnüffelt, ha?« sagte Billi mit verächtlicher Miene.

Robby Botter verbeugte sich. »Verstehe. Unser werter Gast möchte heute abend Steaks. Ich werde sie für ihn braten. Und die Kinder holen frisches Bier!« Er bedeutete Billi, Max und Floh, ihm zu folgen, während Al Zitrone mit der Fernbedienung ein anderes Programm suchte.

In der Küche flüsterte Robby Botter: »Verstehe. Ihr holt das Bier, ich werde ihm ein Schlafmittel hineinschütten!«

Billi klopfte ihm auf die Schulter. »Gute Idee!« Und zu Max und Floh sagte sie: »Also, nichts wie weg zum Kiosk!«

4. Kapitel

Max und Floh zogen ihre Fahrräder hinter einem Busch hervor, der gleich neben dem Eingangstor des Sperrmüllplatzes stand.

Während Max das Fahrradschloß aufsperrte, sagte er zu Billi: »Du nimmst am besten Flohs Rad, und Floh setzt sich bei mir auf den Gepäckträger.«

»Warum?«

Max deutete auf Billis Füße. Sie war immer noch barfuß. »Wenn du die in die Speichen kriegst, macht's ratsch, ratsch, und die Zehen sind weg!«

Billi sah an sich herab. »Soll ich schnell noch Schuhe anziehen?«

Max setzte sich aufs Rad und Floh auf den Gepäckträger. »Keine Zeit!« sagte Max und radelte los.

Billi nahm Flohs Kinderrad und fuhr hinterher, eine Hand am Lenker, die andere am Strohhut.

Es ging zunächst eine breite Allee entlang. Auf halbem Weg zur Stadtgrenze führte eine schmale Straße zur Seifenfabrik, deren Dächer in der Abendsonne blinkten.

Billi holte auf, bis sie neben Max fuhr. Mit dem Kopf deutete sie zur Seifenfabrik. »Dort wäre dieses Stinktier besser aufgehoben!«

Max nickte und trat kräftiger in die Pedale. »Der kann sich soviel duschen, wie er will! Der stinkt immer!«

Sie erreichten die ersten Häuser der Vorstadt, allesamt nett anzuschauen, sauber gestrichen, inmitten gepflegter

Gärten. Manche hatten so hohe Hecken, daß man nur die ziegelroten Dächer sah.

An der nächsten Straßenecke bogen sie links ab, überquerten zwei Kreuzungen und erreichten die Endstation der Buslinie 7. Dort war ein Kiosk, an dem ein paar Leute Schlange standen. Billi, Max und Floh parkten die Räder und stellten sich hinter zwei Mädchen, die einen Kopf größer waren als Billi.

Eins der Mädchen hatte einen blonden Pferdeschwanz, der wie eine Wasserfontäne in die Höhe ragte. Das andere Mädchen trug ihre schwarzen Locken offen. Beide waren in

schwarze Lederjacken gekleidet und trugen weite, ausgewaschene Bluejeans mit ausgefransten Löchern an den Knien. Die Löcher waren absichtlich hineingeschnitten.

Billi stupste Max. »Komische Kleider haben die!«

Das blonde Mädchen drehte sich um, musterte Billi von Kopf bis Fuß. »Na ja! Besonders fein bist du aber auch nicht grad angezogen!« Sie lächelte. »Aber dein Hut gefällt mir. Wo hast du den gekauft? Der sieht so echt auf alt getrimmt aus!«

Billi senkte den Blick. Sie konnte ja nicht sagen, daß dieser Hut vom Sperrmüllplatz stammte und eigentlich Robby Botter gehörte.

Vor den Mädchen zahlte ein Jogger eine Flasche Mineralwasser. Das T-Shirt über seiner Turnhose klebte an seinem verschwitzten Rücken. An den Joggingschuhen hingen Erdklumpen. Der Mann machte den Mädchen Platz, stellte sich neben den Kiosk und nahm einen kräftigen Schluck aus der Flasche.

Ein älteres Ehepaar stellte sich hinter Billi, Max und Floh in die Warteschlange. Die Frau trug ein rotes Sommerkleid mit weißen Tupfen, der Mann einen blauen Arbeitsmantel, der über und über mit grüner Farbe bekleckert war.

Der Mann schimpfte: »Also hier hättest du ja wirklich allein hergehen können. Der Zaun wäre schon längst fertig gestrichen!«

Die Frau keifte: »Ist dir wohl ganz egal, wenn ich ausgeraubt und vielleicht sogar umgebracht werde!«

Der Mann schüttelte den Kopf und machte: »Tss, tss, tss!«

»Da, lies!« sagte sie und deutete auf die Zeitung, die an

der Kioskwand befestigt war. »Unerklärliche Diebstahlserie nimmt kein Ende!«

Der Mann rollte die Augen nach oben. »Erstens raubt er nur Läden aus und nicht so alte Schachteln wie dich.« Die Frau schnappte nach Luft, doch der Mann fuhr fort: »Und zweitens wird ihn die Polizei bald haben. Wer so unverfroren ist, macht immer einen Fehler!«

Billi, Max und Floh sahen sich an. Ihre Blicke sagten: Wenn die wüßten! Mit der Luftmaschine kann der gar keinen Fehler machen!

Die Mädchen kauften zwei Päckchen Kaugummi und gingen hinüber zur Bushaltestelle.

Billi stand jetzt vorne bei dem alten Verkäufer, der sie freundlich ansah. »Was möchtest du?« fragte er.

»Fünf Bier, bitte!« antwortete Billi.

Der Verkäufer hob seine buschigen Augenbrauen und sah Billi über den Brillenrand an. »Bier?«

»Richtig. Fünf Flaschen!« antwortete Billi.

Das Ehepaar horchte auf und musterte Billi von Kopf bis Fuß. Die Frau machte ein mitleidiges Gesicht und sagte zu ihrem Mann: »Wenn es die Polizei nicht einmal schafft, so arme obdachlose Kinder von der Straße zu holen, wie soll sie dann diesen dreisten Einbrecher fangen?« Sie beugte sich zu Billi und strich ihr über die Schulter. »Trinkst du denn schon Bier, in deinem Alter?«

Billi wich angewidert zur Seite. Sie konnte es nicht ausstehen, von fremden Leuten angefaßt zu werden. »Nein«, fauchte sie. »Das Bier ist für den ... äh ich meine, für unseren Besuch!«

Die Frau machte ein zuckersüßes Gesicht. »Für euren Besuch? Wo bist du denn zu Hause?«

Billi drehte sich um und stützte ihre Ellenbogen auf die Theke. »Fünf Bier, bitte!« sagte sie noch einmal.

Der Verkäufer hob die Schultern und zeigte die Handflächen. »Tut mir leid, aber an Kinder darf ich kein Bier verkaufen!«

Billi machte ein entsetztes Gesicht. »Was? Kein Bier! Der ... äh ... haut uns zu Brei!«

Die Frau zog Max beiseite. »Wo habt ihr denn das Mädchen gefunden? Ist sie von zu Hause ausgerissen, oder lebt sie unter der Brücke bei den Pennern?«

Max löste sich aus dem Griff der Frau und sah zu Boden.

Billi drehte sich wütend um. »Was geht Sie das denn an? Hä? Ich bin nicht ausgerissen, und ich wohne auch nicht unter der Brücke!«

Der Mann stupste die Frau. »Los, mach jetzt. Wir haben nicht so viel Zeit!«

Die Frau schüttelte energisch den Kopf. »Aber man kann doch nicht zusehen, wie Kinder von ihren Vätern verprügelt werden und verwahrlost auf der Straße herumlaufen! Das Kind gehört in ein Heim! Sieh sie doch an! Keine Schuhe, dieses Unterhemd, und dieser zerfetzte Strohhut!«

Billi wurde heiß und kalt. Solche Leute konnte sie heute gar nicht gebrauchen. Sie mußten hier so schnell wie möglich verschwinden! Sie sah sich um. »Haltet ihn!« rief sie. »Der Dieb, da vorne ist der Dieb!«

Die Frau preßte ihre Handtasche an den Körper und starrte in die Richtung, in die Billi deutete.

Billi zwinkerte Max und Floh zu. Die drei rannten zu den Fahrrädern, schwangen sich hinauf und radelten so schnell sie konnten davon. Erst auf der Allee, die zum Sperrmüllplatz führte, wurden sie etwas langsamer.

»Verflixt noch mal!« keuchte Billi. »Die Menschheit hat's wohl nur darauf abgesehen, mich in ein Heim zu verfrachten!«

Max holte auf und fuhr neben Billi. »Das ist es ja, was diesen Al Zitrone so gefährlich macht!« keuchte er.

Floh schielte ängstlich hinter Max' Rücken hervor. »Wird uns Al Zitrone wirklich zu Brei schlagen, wenn wir ohne Bier heimkommen?«

Billi trat in die Pedale. »Keine Ahnung!«

5. Kapitel

»Dann soll die Blechkiste Bier holen!« brüllte Al Zitrone im Wohnzimmer so laut, daß die Gläser in der Vitrine klirrten.

Billi, Max und Floh standen in der Tür, Robby Botter vor ihnen.

»Verstehe nicht«, sagte Robby Botter. »Ich gehe nie außer Haus. Die Menschen fürchten sich vor Robotern.«

Al Zitrone stemmte die Arme in die Hüften. »Aha. Wer kauft denn dann bei euch ein? Letzte Woche hat sich Billi nur im Haus und im Garten rumgetrieben!«

»Verstehe. Wir lassen uns alles liefern. Wir kaufen nicht ein!«

Al Zitrone stapfte mit dem Fuß auf. »Dann ruf gefälligst an und laß fünf Bier kommen!«

Robby Botter wiegte bedächtig den Kopf. »Verstehe nicht. Am Wochenende wird nicht geliefert!«

Der Einbrecher plumpste in den Sessel und blies die Bakken auf. »Heißt das, ich soll selber gehen?«

Robby Botter zuckte mit den Achseln. »Verstehe. Aber das scheint die einzige Möglichkeit zu sein, ein Bier zu bekommen!«

Al Zitrone klatschte in die Hände. »Hopp, hopp!« rief er. »Bringt mir meine Schuhe und einen Hut!«

Billi, Max und Floh zwinkerten sich zu, als sie eifrig in die Diele liefen.

Max grapschte sich einen von Al Zitrones Schuhen, Floh den anderen. Floh holte aus der Hosentasche das leere

Schneckenhaus, das er seit ein paar Tagen dort aufbewahrte. Er steckte es in den Schuh.

Billi suchte in Robby Botters Hutablage nach einem extra kleinen Hut. Schließlich fand sie einen grünbraunen Filzhut mit einer weißen Strohblume im Hutband.

Die drei gingen wieder zurück ins Wohnzimmer. Dort saß Al Zitrone immer noch im Sessel und streckte die Beine von sich. »Anziehen!« sagte er und hob die Füße hoch.

Naserümpfend stülpten Max und Floh die Schuhe über Al Zitrones Füße, die in durchgewetzten Wollsocken steckten. Billi setzte ihm den Hut auf. »Steht dir ausgezeichnet!« sagte sie und unterdrückte dabei ein Kichern. Der kleine Hut wirkte lächerlich auf dem großen runden Kopf.

Al Zitrone stand auf und zerdrückte dabei das Schneckenhaus. »Mist!« sagte er und zog den Schuh aus; winzige Hornsplitter steckten im abgewetzten Fersenteil der Socke. Al Zitrone versuchte sie wegzuwischen und sah dabei Floh scharf an. »Warst du das?«

Floh hob die Schultern und schüttelte den Kopf. »Nö. Keine Ahnung, woher das Schneckenhaus kommt!«

Al Zitrone zog die Socke aus und schlüpfte barfuß in den Schuh. »Das möcht ich dir auch geraten haben!« sagte er, ging in die Diele und betrachtete sich im Spiegel. »Ist der Hut nicht ein bißchen zu klein?«

»Nö. Das trägt man heute so!« sagte Billi, die neben dem Spiegel an der Wand lehnte.

Der Einbrecher sah in die Runde. »Habt ihr ein Auto oder ein Motorrad?«

Max trat einen Schritt vor. »Du kannst mein Fahrrad

haben. Es lehnt draußen, hinter dem Busch am Sperrmüllplatztor.«

Al Zitrone sah Robby Botter an. »Kein Auto oder Motorrad?«

»Verstehe nicht. Hier hat keiner einen Führerschein!« antwortete Robby Botter.

»Ein Saustall ist das hier!« murmelte Al Zitrone und knallte die Haustür hinter sich zu.

Billi sah ihm grimmig nach. »Seit der hier ist, sind meine Sommersprossen der einzige Lichtblick!« Mit einer auffordernden Handbewegung fügte sie hinzu: »Los, wir machen eine Krisensitzung!«

Sie gingen in die Küche und setzten sich an den Tisch. Robby Botter setzte sich ans Fenster neben Leo, der immer noch auf der Fensterbank stand.

Billi klopfte mit der Faust auf den Tisch. »Die Sitzung ist eröffnet! Wer hat einen Vorschlag, wie wir Al Zitrone loswerden?« Sie sah in die Runde.

Floh hob die Hand und schnalzte mit den Fingern. »Wir packen ihm Würmer ins Essen, machen den Fernseher kaputt und verstecken alle Comics!«

Billi schüttelte den Kopf. »Damit erreichen wir nichts. Er wird nur sauer!«

Max knallte die Hand auf den Tisch. »Ich hab's! Die Aufräumkiste soll ihn wegräumen!«

Billi winkte müde ab. »Wohin denn?« Aber dann hielt sie inne und richtete sich auf. »Moment mal! Erinnert ihr euch, wie er vor der Aufräumkiste Angst hatte? Es gibt Dinge, die ihm angst machen. Also machen wir ihm angst!«

»Toll!« rief Floh. »Wir machen ihm angst!«

»Wie denn?« warf Max ein.

Billi überlegte kurz, dann sagte sie: »Wir veranstalten den größten Spuk, den das Haus Cavalieri je gesehen hat! Wir verkleiden uns als Geister und heizen ihm ordentlich ein! Ich weiß auch schon, wie!« Sie wollte ihren Plan erklären, doch da hörten sie die Haustür zuknallen.

Robby Botter machte sich sofort am Herd zu schaffen. Er legte rasch ein Steak in die Pfanne – es sollte so aussehen, als ob er schon die ganze Zeit beim Kochen war.

Al Zitrone stieß die Küchentür mit dem Fuß auf, ging zum Kühlschrank und stellte vier Bier hinein, die er in einer Plastiktüte bei sich hatte. Das fünfte Bier öffnete er und nahm einen kräftigen Schluck.

Billi versuchte, so freundlich wie möglich zu schauen. »Ich werde gleich morgen einen ganzen Kasten Bier für dich bestellen!« säuselte sie.

Al Zitrone setzte die Flasche ab; sie war halb leer. »Das will ich meinen!« sagte er. »Warum sind die Steaks noch nicht fertig?«

Robby Botter drehte sich um. »Verstehe«, sagte er. »Das Steak wird gleich serviert. Im Wohnzimmer, wenn's recht ist.« Er verbeugte sich und machte sich wieder am Herd zu schaffen.

Al Zitrone nickte und ging ins Wohnzimmer. Kurz darauf dröhnte der Fernseher so laut, daß man ihn bis in die Küche hörte.

Robby Botter holte das größte Glas aus dem Schrank und goß eine halbe Flasche Bier hinein. Aus seiner Jackentasche zog er ein kleines Päckchen mit einem weißen Pulver darin. Er streute das Pulver ins Glas und rührte mit einem Löffel um. Dann holte er ein Tablett, legte einen Teller, eine Serviette und Besteck darauf und stellte das Glas dazu.

Billi stand auf und flüsterte: »Hey, Robby! Hast du noch die Farben, die in der Dunkelheit leuchten?«

Robby Botter drehte sich um. »Verstehe. Die phosphoreszierenden Farben sind im Maschinenraum.«

Max und Floh sahen Billi fragend an.

Billi winkte sie zu sich. »Mein Plan geht so«, flüsterte sie: »Wenn Al Zitrone schläft, ziehen wir uns schwarz an und verdunkeln die Fenster. Mit diesen Farben malen wir uns Geister auf die Kleider. In der Dunkelheit leuchten die Farben. Auf den schwarzen Kleidern sieht man nur die Farben, aber nicht uns! Dann wecken wir Al Zitrone auf und spielen Geisterbahn mit ihm!«

Floh klatschte in die Hände und hüpfte hoch. »Toll! Das wird ein Spaß!«

Robby Botter bugsierte das Steak auf den Teller. Nachdem er die Pfanne in die Spüle gestellt hatte, sagte er: »Verstehe nicht. Was wird in der Geisterbahn gespielt?«

Billi schnalzte mit der Zunge und rieb sich die Hände. »Die Geister erklären ihm, daß er in einem verwunschenen Haus ist. Ein Haus, in dem man zur Maschine wird, wenn man länger als vier Wochen hier wohnt!«

Robby Botter nickte und hob das Tablett hoch. »Verstehe«, sagte er. »Wir können es probieren. Al Zitrone hat Angst vor Maschinen, also hat er auch Angst vor Geistern!« Er balancierte das Tablett ins Wohnzimmer. Es sah so aus, als würde das Bierglas demnächst umkippen. Er war ein Meister im wackeligen Servieren, nie fiel ihm etwas herunter. Robby Botter stellte das Tablett auf den Wohnzimmertisch. »Bitte sehr, ich wünsche guten Appetit«, sagte er.

Al Zitrone richtete sich auf und machte sich sofort über das Steak her. Schmatzend kaute er auf einem großen Bissen herum und sagte mit vollem Mund: »Wurde auch Zeit!« Er schluckte, wischte sich mit dem Ärmel den Mund ab, grapschte nach dem Glas und nahm einen kräftigen Schluck.

Billi, Max und Floh standen in der Tür und sahen ihm gespannt zu. Beim nächsten Bissen sah Al Zitrone zur Tür. »Was glotzt ihr denn so blöde?« fragte er.

Billi spitzte den Mund und legte den Kopf in den Nacken. »Nichts«, sagte sie.

Al Zitrone beugte sich wieder über sein Steak. »Verschwindet! Ich brauch keine Zuschauer!«

Mit einem zufriedenen Lächeln gingen Billi, Max und Floh in die Küche. Robby Botter folgte ihnen, mit halb geschlossenen Augen – das war seine Art zu lächeln.

In der Küche hörten sie gespannt auf jedes Geräusch aus dem Wohnzimmer. Es dröhnte aber nur laute Filmmusik herüber. Doch plötzlich knallte etwas Schweres auf den Boden.

Wie der Blitz waren Billi, Max, Floh und Robby Botter im Wohnzimmer. Al Zitrone lag ausgestreckt vor dem Sofa und schnarchte laut. Billi stupste ihn leicht, doch er wälzte sich nur von einer Seite auf die andere.

»Der schläft wie eine Herde Murmeltiere!« sagte Billi und

richtete sich auf. »Robby, du holst die Farben und ich die Kleider!«

Sie lief hinauf in ihr Zimmer. Dort zerrte sie die Kleiderkiste unter dem Bett hervor, in der sie schwarze Jogginghosen und schwarze Pullover aufbewahrte. Sie suchte passende Hosen und Pullover für Max, Floh und Robby Botter.

Als sie ihre Kombination neben die anderen auf das Bett legte, kam Robby Botter mit einem Schuhkarton ins Zimmer. Er stellte ihn auf den Boden und holte nacheinander ein Glas mit einer hellgrünen, eins mit einer hellgelben und eins mit einer weißen Farbe heraus. »Das müßte reichen«, sagte er und zog einen dicken Pinsel aus der Brusttasche.

Billi rieb die Hände. »Der Spaß kann losgehen!« Sie deutete auf die Kleidungsstücke. »Das ist für Floh, das für Max, das für Robby Botter und das ist für mich«, sagte sie, nahm ihre Hose und den Pullover und zog beides an. Auch Max, Floh und Robby Botter schlüpften in die schwarzen Klamotten.

»Wir müssen unten noch alles verdunkeln!« sagte Billi und wollte sich auf den Weg machen. Doch Robby Botter hielt sie zurück. »Verstehe. Unten ist es schon so finster wie in einer mondlosen Nacht!«

»Toll! Dann geht der Künstler gleich ans Werk!« Billi öffnete das Glas mit der weißen Farbe. Robby Botter reichte ihr den Pinsel, und Billi sah in die Runde. »Ich denke, Max macht sich als Totenkopf sehr gut!«

»O ja! Totenkopf ist gut!« sagte Max.

Billi malte einen großen Totenkopf auf Max' Bauch und einen auf Max' Rücken.

Als sie fertig war, betrachtete sich Max im Spiegel. »Das ist doch ganz normale Farbe! Die leuchtet ja gar nicht!«

»Verstehe. Die Farbe leuchtet nur im Dunkeln, so wie die Zeiger vom Wecker!« sagte Robby Botter.

Billi ging um Floh herum. »Was haltet ihr von Floh als Riesenfrosch?« fragte sie.

Floh verzog das Gesicht. »Gar nichts halte ich von einem Frosch. Großer, gelber Drache oder siebenköpfiges Monster! Das wär toll!«

Max verschränkte die Arme. »Dafür bist du doch viel zu klein!«

Billi lächelte. »Und wie wäre es mit dem großen bösen Monsterfrosch? Mit gelben Augen? Und ein Totenkopf am Rücken?«

Floh überlegte kurz. »Na gut. Monsterfrosch geht gerade so.«

Billi machte sich sofort an die Arbeit. Mit grüner Farbe malte sie auf Flohs Brust einen schrecklichen Froschkopf mit gelben Augen, auf seinen Bauch den Froschleib, auf Arme und Beine dünne Froschschenkel. Auf dem grünen Froschrücken stach ein kleiner weißer Totenkopf hervor.

»Echt Klasse!« sagte Floh, als er sich im Spiegel sah.

Nun war Robby Botter an der Reihe. Billi bemalte ihn als vierköpfige Monsterschlange. Ihr Körper wand sich auf Robby Botters Bauch. Vier kleine, gelbes Feuer speiende Köpfe zierten die Unterarme und Unterschenkel.

»Bravo!« riefen Max und Floh begeistert.

Robby Botter kommentierte sein Spiegelbild mit: »Verstehe. Sehr fürchterlich!«

Billi reichte Max den Pinsel und das Glas mit der weißen Farbe. »Schaffst du ein Skelett?«

Max nickte. »Klar«, sagte er, und begann ein Skelett auf Billis Körper zu malen.

»Whow!« sagte Billi, als sie sich im Spiegel betrachtete. »Da kriegen ja die Toten Angst! Auf, in die Geisterbahn!«

Sie machten sich auf den Weg nach unten. Nachdem auch Floh und Max Billis Zimmer verlassen hatten, schloß Robby Botter die Tür. Im Treppenhaus und in der Diele war es stockfinster. Die Farben leuchteten gespenstisch, wie in der Luft hängende Neonröhren.

Floh, der bereits unten in der Diele stand, schrie laut auf, als er das leuchtend weiße Skelett sah.

Billi hielt ihm die Hand auf den Mund. Sie flüsterte ihm ins Ohr: »Keine Panik! Ich bin's doch! Du leuchtest genauso wie ich! Du bist der tollste Monsterfrosch, den die Finsternis je gesehen hat!«

Floh streckte den Arm aus und betrachtete den dünnen, grünen Froschschenkel darauf. Er faßte sich an und wurde langsam ruhiger. Aber als der Totenkopf und die vierköpfige Schlange die Treppen herunter kamen, drückte er sich eng an das Skelett.

Billi flüsterte: »Jetzt hab dich nicht so! Du hast doch zugesehen, wie ich den Totenkopf und die Monsterschlange gemalt habe!«

»Es sieht so echt aus«, flüsterte Floh.

Die vierköpfige Monsterschlange strich Floh über den Kopf. »Verstehe, Floh. Wenn es dir zu unheimlich ist, dann geh hinauf in Billis Zimmer und warte auf uns.«

Der Monsterfrosch nahm Haltung an. »Nö. Ich komm mit!« sagte er mit fester Stimme. Kneifen wollte Floh nun doch nicht.

Max, der Totenkopf, tastete sich zur Wohnzimmertür und drehte sich um. Auch ihm war unheimlich, als er die drei Gestalten hinter sich sah. Er gab sich einen Ruck und öffnete die Tür. Alle starrten in ein schwarzes Loch, aus dem man lautes Schnarchen hörte.

Billi flüsterte: »Laßt mich vor, ich kenn mich besser aus!« Sie zwängte sich an dem Totenkopf vorbei. Auf dem Weg zum Sofa tastete sie nach der Glocke, die auf einem niedrigen Schrank stand. Als sie am Sofatisch anstieß, blieb sie stehen und bimmelte. »Huhhh, huhhh«, rief sie laut.

Das Schnarchen hörte ganz kurz auf, um gleich wieder einzusetzen. Billi bimmelte und bimmelte.

Endlich hörte das Schnarchen ganz auf. Al Zitrone richtete sich auf und stieß einen lauten Schrei aus, als er die Geistergesellschaft sah.

Billi, das Skelett, hob den Monsterfrosch drohend hoch und rief mit verstellter Stimme: »Wenn du diesen Ort nicht sofort verläßt, wirst du auf Ewigkeit verdammt sein!«

Der Monsterfrosch wand sich. Er wollte nicht als Zielscheibe dienen. Schließlich konnte ihn das Skelett nicht mehr halten, und er plumpste auf den Boden. Das Skelett rief weiter: »Wenn du diesen Ort nicht sofort verläßt, wirst du als Monsterschnecke deine Tage verbringen oder zu einer Schuhputzmaschine erstarren!«

Der Totenkopf kicherte, während sich der Monsterfrosch das Bein rieb, das er sich am Sofatisch angeschlagen hatte.

Von hinten kam die vierköpfige Monsterschlange und kreiste mit den oberen zwei Köpfen. Es sah irgendwie eckig aus, doch Al Zitrone schrie abermals vor Entsetzen auf. Er kniff sich in die Wange – es war kein Alptraum! Al Zitrone rappelte sich auf, was aber keiner der Geister sehen konnte, und setzte sich auf das Sofa.

Das Skelett, die vierköpfige Monsterschlange und der Totenkopf standen in einer Reihe vor ihm. Der Totenkopf sagte mit tiefer Stimme: »Wenn du dieses Haus nicht sofort verläßt, werde ich dich verschlingen!«

Der Monsterfrosch hörte auf, sein Bein zu reiben, stand auf und wollte sich neben die anderen Geister stellen, doch Al Zitrone grapschte nach seinem Bein.

Der Monsterfrosch landete rittlings auf dem Boden, direkt vor Al Zitrones Füßen, und stieß sich den Kopf an der Tischkante. »Auaahhh, mein Kopf«, rief der Monsterfrosch mit Kinderstimme und heulte.

Wie ein Kugelblitz hechtete der Totenkopf nach vorne, um dem Monsterfrosch den Mund zuzuhalten. Dabei stolperte er aber über Al Zitrones Füße und landete ebenfalls auf dem Boden. Mit weitaus hellerer Stimme als vorher entfuhr dem Totenkopf ein »Au!«

Das Skelett zischte »Mist!« und sagte dann: »Al Zitrone! Verlaß sofort das Haus!«

Al Zitrone lachte lauthals los, stand auf und tapste nach der Stehlampe. Die vierköpfige Monsterschlange war schneller, grapschte die Stehlampe, um sie vor Al Zitrones Griff zu retten, verhedderte sich aber dabei im Kabel und saß kurz darauf auf dem Teppich.

Mittlerweile hatte sich Al Zitrone bis zur Tür vorgetastet. Er suchte den Lichtschalter an der Wand.

Das Skelett sagte: »Verdammte Sch . . .« und setzte sich neben den Monsterfrosch.

Al Zitrone knipste das Licht an. Als er die vier Geister auf dem Boden liegen sah, lachte er noch lauter als vorher. Immer noch leicht benebelt vom Schlafpulver, wankte er zum Sofa und ließ sich darauf plumpsen. Sein Gesicht wurde hart. »Das werdet ihr bereuen!« sagte er und gähnte. Mit einer auffordernden Handbewegung fügte er hinzu: »Aufstehen, hopp, hopp!«

Langsam standen die Geister auf.

Al Zitrone gähnte und riß dabei den Mund so weit auf, daß man die Mandeln im Rachen sehen konnte. Dann sagte er: »Und jetzt Kniebeugen. Eins, zwei! Eins zwei!«

Die Geister blieben reglos stehen.

Al Zitrone schüttelte den Kopf. »Könnt ihr keine Kniebeugen?«

Max, der Totenkopf, ging in die Knie.

»Los, los! Alle! Eins, zwei!« brüllte Al Zitrone. »Eins, zwei! Bis euch die Zunge raushängt! Eins, zwei!«

Im Takt der Befehle turnten die Geister ihre Kniebeugen, aber Al Zitrones Stimme wurde immer schläfriger. Schließlich streckte er sich auf dem Sofa aus und begann kurz darauf zu schnarchen.

Billi wischte mit dem Handrücken den Schweiß von der Stirn. »Puh!« stöhnte sie.

Robby Botter schüttelte seine Arme aus, so wie er es in der Fernsehgymnastik gesehen hatte.

Billi lachte. »Bei Kniebeugen mußt du die Beine und nicht die Arme ausschütteln.«

Robby Botter schüttelte die Beine aus; seine Kniegelenke klimperten leise.

Max saß im Sessel. »Mein Kopf brummt. Ich hab mich ganz schön angehauen!«

»Pssst!« machte Billi und deutete auf Al Zitrone, der sich schmatzend umdrehte.

Auf Zehenspitzen verließen die vier das Wohnzimmer und gingen in die Küche. Durch das Küchenfenster drang spärliches Abendlicht, und Robby Botter knipste die Küchenlampe an. Sie setzten sich an den Tisch.

Billi lehnte sich schlaff zurück. »Ganz schön in die Hosen gegangen, was?« Sie sah an ihrem Kostüm herab. »Ich fühl mich genauso, wie ich aussehe. Wie ein Skelett in der Geisterbahn, vor dem niemand Angst hat.«

Max seufzte. »Wir sind wieder da, wo wir angefangen haben!«

Billi und Floh nickten. »Mhhm.«

Robby Botter stand auf und füllte drei Gläser mit Cola. »Verstehe. Wir brauchen eine Stärkung«, sagte er und stellte die Gläser auf den Tisch. Für sich goß er Maschinenöl in einen Krug. Wortlos leerten Billi, Max und Floh ihre Gläser und Robby Botter seinen Krug.

Max sah aus dem Fenster. »Mensch, wie spät ist es eigentlich?«

Billi machte mit dem Kopf eine Bewegung zu Max' Armbanduhr. Sie lächelte müde. »Zeig mir deine Uhr – dann sag ich dir, wie spät es ist«, sagte sie.

Max sah auf die Armbanduhr. »Du liebe Zeit«, rief er aus, »es ist schon fast acht!« Er sprang auf und streifte die schwarzen Sachen ab. »Wir müssen heim! Sonst gibt's was!«

Billi stand auf und zog ebenfalls die schwarzen Sachen aus. »Heute hätt ich gern mal eure Probleme!« Sie schleuderte die Sachen in die Ecke, Floh seine hinterher.

Billi setzte sich wieder und grub den Kopf in die Hände.

Max klopfte ihr auf die Schulter. »Morgen finden wir eine Lösung. Bestimmt!« sagte er, nahm Floh an der Hand und ging zur Tür. »Wir kommen morgen gleich nach dem Mittagessen. Okay?«

Billi sah auf. »Okay. Tschüs, bis morgen!«

»Tschüs«, sagten Max und Floh und verschwanden eiligst.

Robby Botter saß mit geschlossenen Augen vor seinem Krug Maschinenöl. In seinem Kopf surrte es heftig. Er dachte nach.

Billi stand auf. »Am besten, du schläfst heute bei mir im Zimmer. Ich mach dir dort dein Bett!« Ohne eine Antwort abzuwarten, ging sie nach oben.

Robby Botter hätte auch nicht geantwortet. Er dachte so angestrengt nach wie noch nie in seinem ganzen Roboterleben.

Fünf Minuten später kam Billi zurück. Robby Botter nahm gerade einen Schluck Maschinenöl. Er setzte den Krug ab und zwinkerte mit den Augen. »Verstehe«, sagte er. »Ich habe eine Lösung!«

Billi sah ihn gespannt an. »Ja? Sag schon!«

»Al Zitrone ist nicht wegen uns, sondern wegen der Luftmaschine hier. Nur mit der Luftmaschine kann er seine

Raubüberfälle machen. Wenn er keine Luftmaschine hat, wird er auch nicht mehr hierbleiben!«

Billi kratzte sich am Kopf. »Stimmt. Aber wir können doch die Luftmaschine nicht wegbringen!«

Robby Botter zwinkerte mit den Augen und wiegte den Kopf. »Verstehe. Das müssen wir auch nicht. Ich werde sie umprogrammieren. Sobald Al Zitrone wieder sichtbar werden will, wird er nicht mehr unten in der Luftmaschine sichtbar, sondern sofort. An dem Ort, an dem er gerade ist!«

Billi schlug mit der flachen Hand auf den Tisch. »Das ist es!« rief sie aus und sprang auf.

Robby Botter legte den Zeigefinger an den Mund. »Psst, Psst!«

Billi setzte sich und flüsterte: »Das ist die intelligenteste Idee, die du je hattest! Genau! Wenn ihm die Luftmaschine nichts mehr nützt, gibt es für ihn keinen Grund mehr, hierzubleiben! Und vielleicht fängt man ihn gleich dort, wo er auftaucht ...« Billi stutzte. »Aber was ist, wenn sie ihn verhaften? Er wird uns doch bestimmt verraten!« Sie sah Robby Botter mit gerunzelter Stirn an.

»Verstehe«, antwortete Robby Botter und faltete die Hände. »Ich habe alles durchdacht. Es ist ein Risiko, aber wir haben keine andere Wahl. Al Zitrone wird uns sicher verraten; und wir müssen hoffen, daß ihm keiner glaubt!«

Billi sprang auf. »Hoffen! Hoffen!« stieß sie hervor. »Und wenn sie ihm doch glauben?«

Langsam wiegte Robby Botter den Kopf. »Verstehe. Aber überleg mal genau. Ein Dieb wird auf frischer Tat ertappt und erzählt der Polizei, daß er sich in einer Luftmaschine unsichtbar gemacht hat. Denkst du wirklich, die Polizei würde ihm glauben?«

Billi setzte sich und grübelte eine Weile. Schließlich schüttelte sie den Kopf und sagte: »Nö. So was glaubt die Polizei nicht!« Sie stand auf und stemmte die Arme in die Hüften. »Robby, wir riskieren es! Diesem Ungeziefer muß das Handwerk gelegt werden! So oder so!«

Robby Botter stand auf und klimperte mit den Augenlidern. »Verstehe«, sagte er und deutete auf die Küchenuhr. »Für dich ist es jetzt aber Zeit. Du solltest schlafen gehen!«

»Und du?«

»Ich werde die Schaltpläne der Luftmaschine studieren und mich dann an die Arbeit machen. Die Luftmaschine muß umprogrammiert sein, bevor Al Zitrone aufwacht.«

Billi nickte. »Aber arbeite nicht zu lange! Auch du mußt ein bißchen schlafen. Ich glaube, morgen wird ein anstrengender Tag!« Sie schlurfte hinaus. »Ich geh jetzt mal ins Bad. Gute Nacht, Robby!«

»Verstehe. Gute Nacht!« sagte Robby Botter und eilte in den Maschinenraum.

6. *Kapitel*

Billi drehte sich auf den Bauch und stülpte das große rosarote Kissen mit den lustigen Küken auf den Kopf. Sie hatte bis weit nach Mitternacht nicht einschlafen können und wollte nun noch nicht aufstehen. Doch die Zimmertür ging auf, und Robby Botter streckte den Kopf herein. »Verstehe, Billi. Aber es ist bereits zehn Uhr«, sagte er.

Billi richtete sich verschlafen auf. Sie rieb die Augen und sah auf den Mickymaus-Wecker. »O je!« rief sie aus. Sie krabbelte aus dem Bett, hob den Bademantel vom Boden auf und warf ihn über. »Ist Al Zitrone schon wach? Ich wollte vor ihm unten sein!«

Robby Botter schüttelte Billis Kissen und die Decke auf. »Verstehe. Ich habe ihn heute früh um drei Uhr hinauf ins Bett gebracht. Er schläft wie ein Stein!« sagte er.

Billi sah ihn mit großen Augen an. »Was? Du warst bis drei Uhr auf?«

»Verstehe. Es war nicht leicht, die Luftmaschine umzuprogrammieren«, antwortete Robby Botter.

Billi ging zum Bad. An der Tür drehte sie sich zu Robby Botter um, der auf dem Weg in die Küche war. Sie deutete auf die geschlossene Tür seines Zimmers und sagte leise: »Der schläft aber lange!«

Robby Botter nickte und reckte stolz die Brust. »Verstehe. Als ich ihn ins Bett gebracht habe, wollte er noch einen Schluck Bier. Ich habe eine weitere Portion Schlafmittel hineingetan!«

Billi lächelte. »Du bist ein Goldstück!« sagte sie und verschwand im Bad.

Nach dem Zähneputzen und Duschen zog sich Billi in ihrem Zimmer an. Sie wählte ihre Lieblingskleidung: einen alten, weißen Spitzenunterrock, den sie in der Taille mit einem breiten, braunen Band schnürte, ein himmelblaues T-Shirt und darüber eine schwarze, viel zu weite Jacke, an der sie den verrosteten Orden mit dem großen roten Stein in der Mitte befestigte. Unten in der Diele setzte sie ihre schwarze Ledermütze auf und ging in die Küche.

Robby Botter hatte den Frühstückstisch bereits gedeckt – für Billi Kakao und Marmeladebrötchen, für ihn eine Kanne Maschinenöl.

Billi setzte sich und nahm einen Schluck Kakao. »Wenn wir wüßten, wo Al Zitrone das nächstemal einbricht, könnten wir die Polizei alarmieren, und er würde auf frischer Tat erwischt.«

»Verstehe«, sagte Robby Botter.

Billi aß schweigend das Brötchen.

Nach dem Frühstück stand sie auf und ging in den Garten. Sie setzte sich auf die Bank unter dem Apfelbaum. Mit geschlossenen Augen hielt sie das Gesicht in die Sonne und dachte darüber nach, wie sie Al Zitrones Pläne erfahren konnte.

Es dauerte aber nicht lange, da kam Robby Botter aus dem Haus. »Verstehe«, sagte er. »Es ist Zeit für den Anstandsunterricht. Du mußt dich umziehen!« Er trug einen schwarzen Smoking und weiße Handschuhe. Unter seinem Arm klemmte mal wieder das Anstandsbuch *Wie werde ich eine Dame.*

Billi blinzelte ihn gegen die Sonne an. »An einem Tag wie heute ist der Anstandsunterricht so überflüssig wie ein Sandkasten in der Wüste«, sagte sie und schloß die Augen.

Robby Botter wiegte den Kopf und hob den Zeigefinger. »Verstehe. Aber jeden Tag zehn Minuten . . .«

»Nö. Heute nicht«, unterbrach ihn Billi. »Außer wenn es eine Lektion gibt, die *Wie werde ich ungebetene Gäste schnell wieder los* heißt!«

Robby Botter blätterte in dem Buch, bis er die gesuchte Stelle gefunden hatte. Er las vor: »Kapitel 11. Wie benehme ich mich als Gastgeber. Erster Abschnitt: Die Begrüßung eines Geschäftsfreundes.«

Billi fuhr hoch und stapfte mit dem Fuß auf. »In diesem Buch steht nichts, aber auch gar nichts, was man im wirklichen Leben gebrauchen kann!« schrie sie, riß Robby Botter das Buch aus der Hand und schleuderte es in hohem Bogen hinter sich.

»Verstehe. Aber eine Dame benimmt sich nicht so unbeherrscht!« sagte Robby Botter extra langsam. »Auch wenn wir große Probleme haben und heute keinen Anstandsunterricht machen!« fügte er hinzu.

Billi warf den Kopf in den Nacken. »Pah! *Dame!*« sagte sie, und spuckte, so weit sie konnte. Billi konnte sehr weit spucken.

Robby Botter sah der Spucke nach und hob resigniert die Schultern. »Verstehe. Aber ich bin nicht sicher, ob aus dir je eine Dame wird.«

Während er ins Haus ging, schlüpften Max und Floh durch den Schrank in der Hecke. »Hallo, Billi!« riefen sie.

Billi hob die Hand zum Gruß. »Hallo! Endlich seid ihr da! Es ist eine Menge passiert!« Sie erzählte den beiden von der umprogrammierten Luftmaschine und dem Schlaftrunk, den Robby Botter nachts für Al Zitrone gemischt hatte.

»Bravo!« rief Max. »Robby Botter ist klasse!«

Er packte eine Tüte Mohrenköpfe aus und reichte jedem einen. »Haben wir vom *Kuchenparadies* mitgebracht«, sagte er und stopfte einen Mohrenkopf in den Mund.

Der Mohrenkopf in Billis Hand begann zu schmelzen. »Wenn wir wüßten, wo Al Zitrone den nächsten Raub plant, könnten wir ihm eine Falle stellen«, sagte sie. »Und das geht so: Wir benachrichtigen die Polizei, und die Polizei wartet dort, bis Al Zitrone sichtbar wird.« Billi schnippte mit den Fingern. »Und schwupp, die Falle ist zu!«

Max knabberte an der Mohrenkopfwaffel. »Al Zitrone würde uns doch nie im Leben verraten, wo er seinen nächsten Einbruch plant!« sagte er.

Billi reichte Max ihren Mohrenkopf und schleckte die Hand ab. »Das nicht! Aber wenn wir ihm ein Ziel schmackhaft machen, dann wissen wir, was er vorhat!«

Max nickte. »Gute Idee!«

»Verstehe. Ich mache Eisplätzchen!« rief Robby Botter, der aus dem Küchenfenster lehnte. »Habt ihr Lust, den Teig auszustechen?«

Billi strahlte. »Klar haben wir Lust!«

Max und Floh sahen sie fragend an.

Billi leckte die Lippen und schloß die Augen. »Mhh! Eisplätzchen sind was ganz Feines!« sagte sie. »Erst einmal werden Plätzchen gebacken, die eine Mulde haben. In die Mulde kommt Eismasse, und das Ganze wird dann in der Tiefkühltruhe gefroren. Schmeckt klasse!«

»Klingt gut!« sagte Max.

Die drei begaben sich in die Küche, in der bereits alles vorbereitet war. Auf dem Küchentisch lagen eine große Kugel Teig, drei runde Formen drum herum und ein Nudelholz. Auf der Anrichte war ein Blech vorbereitet. Die Butter auf dem schwarzen Metall glänzte.

Billi rollte den Teig aus.

Max setzte sich an den Tisch und kräuselte die Stirn. »Angenommen, das Ganze funktioniert, und wir können Al Zitrone einen bestimmten Einbruch schmackhaft machen. Was passiert, wenn er geschnappt wird und uns verrät?«

Der Teig war ausgerollt und Billi prüfte, ob er dünn genug war. »Alles schon mit Robby durchgesprochen. Vermutlich wird ihm doch keiner glauben. Dieses Risiko müssen wir eben eingehen!« Mit einer Kopfbewegung deutete sie auf die Formen. »Wenn ihr wollt, könnt ihr mir helfen«, sagte sie.

Max und Floh nahmen die Formen und stachen Plätzchen aus.

Billi verschränkte die Arme. »Das Problem ist nur: Ich hab bis jetzt noch keine Ahnung, was wir Al Zitrone vorschlagen sollen!« sagte sie.

Max kaute an der Unterlippe und nickte. »Mhm, ich auch nicht!« Er stach ein weiteres Plätzchen aus.

Geschickt legte Billi die Teigstücke auf das Blech. Es war

gerade halb voll, als Robby Botter in die Küche kam. Er trug eine schwarz-weiß gewürfelte Hose, ein weißes Hemd, eine weiße Konditormütze, die ihm wie ein Pfannkuchen ins Gesicht hing, und um die Hüften hatte er ein rot-weiß gestreiftes Geschirrtuch gebunden. »Verstehe. Ihr habt schon angefangen!« sagte er und ging zur Schüssel mit der Eismasse. Kräftig schlug er sie mit einem Schneebesen auf.

Das Backblech war voll, und Billi schob es gerade in die Backröhre, als es auf der Treppe polterte. »Verdammtes Ding! Geh mir aus dem Weg!« hörte man Al Zitrone schimpfen.

Robby Botter lächelte mit halb geschlossenen Augen. »Verstehe. Er muß wohl mit der Aufräumkiste zusammengestoßen sein. Ich habe sie zum Aufräumen hinauf geschickt!« sagte er leise.

Die Kinder kicherten, aber da polterte Al Zitrone schon zur Tür herein. »Sag der Blechkugel, sie soll das nie wieder tun!«

»Was?« fragte Billi und konnte ein Grinsen kaum unterdrücken.

Al Zitrone plumpste auf einen Küchenstuhl und fuchtelte mit den Händen. »Rollt auf der Treppe von hinten auf mich zu und will mich in ihren Bauch saugen!«

Billi formte aus dem restlichen Teig eine Kugel. »Die Aufräumkiste räumt eben alles auf, was nicht hierher gehört!« sagte sie und gab der Teigkugel einen Schubs. Die Kugel rollte zu Al Zitrone und landete auf seinem Schoß.

Al Zitrone verzog angewidert das Gesicht, knallte die Kugel auf den Tisch und schlug mit der Faust darauf. »Werd

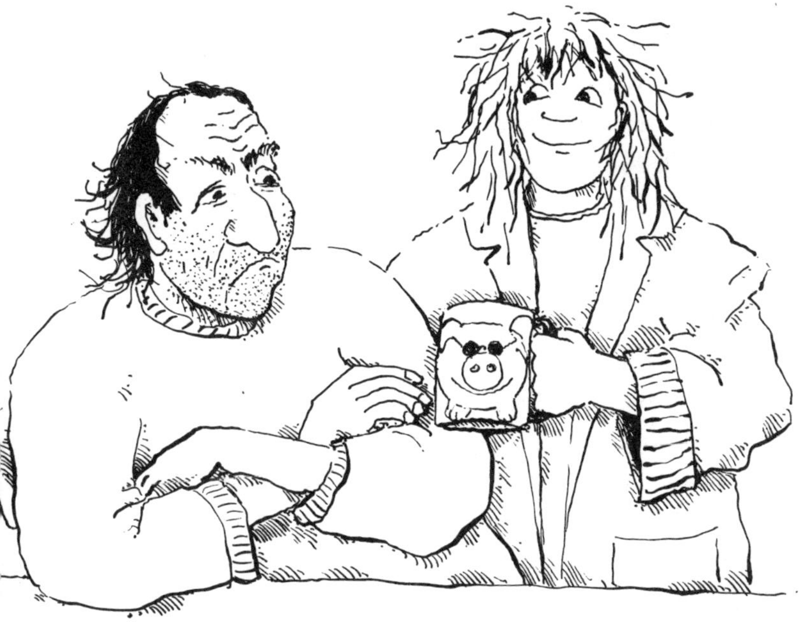

nicht frech, Kleine! Sonst mach ich ein Teiggesicht aus dir!«

Billi hob die Schultern. Mit hochgezogenen Augenbrauen sagte sie zu Max und Floh: »Pah! Kleine sagt der zu mir!« Sie reckte sich und stolzierte an Al Zitrone vorbei.

Der wischte den Teig von den Fingern und sah dabei Billi an. »Mach hier keine Faxen! Ich will frühstücken!«

Billi knallte nacheinander einen Teller, Besteck, die halbe Salami, Brot und Butter auf den Tisch. »Kaffee kommt gleich!« sagte sie und drehte den Heißwasserhahn am Spülbecken auf. Sie nahm eine große Tasse, auf deren Vorderseite ein rosa Schweinchen mit Brille abgebildet war, gab eine Messerspitze Kakaopulver hinein, füllte die Tasse mit heißem Wasser aus dem Hahn und servierte das Gebräu.

Al Zitrone probierte, verzog das Gesicht und spuckte den Schluck sofort wieder aus. »Was ist denn das?« fragte er.

Billi stemmte die Arme in die Hüften. »Nach was schmeckt's?«

»Nach nichts!«

Billi grinste. »Dann ist es Kaffee. Wir haben nämlich keinen!«

»Das will ich doch mal sehen!« fauchte Al Zitrone. Er stand auf, kramte im Küchenschrank, fand aber nur den Kakao. »Mach mir einen Kakao«, sagte er und gab Billi die Schachtel. Auf dem Weg zum Tisch schaltete er das kleine, rote Radio ein, das auf dem Küchenschrank stand.

Aus dem Lautsprecher knatterte die Stimme des Nachrichtensprechers. Er berichtete von einer Afrikareise der englischen Königin, von einem Unfall des amerikanischen Außenministers und vom fallenden Dollarkurs. Bei der letzten Meldung horchten alle auf. Der Nachrichtensprecher sagte: »Und nun Lokales. Die unerklärliche Diebstahlserie scheint kein Ende zu nehmen. Gestern vormittag wurden aus dem Schaufenster des Juwelierladens *Goldkettchen* Schmuckstücke im Wert von mehr als zehntausend Mark entwendet. Augenzeugen berichteten, die Schmuckstücke wären wie von unsichtbarer Hand verschwunden. Die örtliche Polizei hat zur Aufklärung dieser Diebstahlserie ein Sonderkommando eingerichtet. Um sachdienliche Hinweise wird gebeten. Das Wetter . . .«

Alle starrten Al Zitrone an, der sich stolz an die Brust

klopfte und grinste. »Wie gut, daß ihr die einzigen seid, die *sachdienliche Hinweise* geben könnten!«

Max sah Al Zitrone aus den Augenwinkeln an. »Bin ja gespannt, über welchen Überfall sie heute abend im Radio berichten!«

Al Zitrone lehnte sich genüßlich zurück. »Wie jeder Mensch habe auch ich am Sonntag frei! Ich arbeite heute nicht.«

Billi, Max und Floh wechselten einen kurzen, enttäuschten Blick.

Robby Botter schüttelte den Kopf. »Verstehe nicht. Du hast doch keinen Job!«

Al Zitrone biß in die Salami. Ein Fettklümpchen blieb in den Bartstoppeln hängen und wackelte, während er sagte: »Einbrechen ist auch Arbeit. Und wie jeder anständige Arbeiter gehe ich an meinem freien Tag ins Kino. Weiß jemand, was heute läuft?«

Billi holte die Zeitung und las vor: »Im Arena spielen sie *Die Nacht des Trauerns,* im Maxim *Der letzte Schrei,* im Lichtspielhaus *Mickey und seine Bande,* im Eldorado *Das Schwarze Gold* und . . .«

Max schnippte mit den Fingern. »Der soll toll sein! Ein super Agentenfilm um Öl!«

Billi sah auf. »Was? *Das Schwarze Gold*?«

Max' Augen leuchteten. »Ja, ich hab schon viel darüber gehört. Ist bloß blöd, daß der erst ab sechzehn ist. Sonst hätte ich ihn mir längst angeschaut!«

Al Zitrone löste den Blick von der Salami, die nur noch aus einem kleinen Zipfel bestand. Mit vollem Mund sagte er:

»*Das Schwarze Gold*? Noch nie was von gehört. Ist der wirklich gut?«

Max nickte und biß sich auf die Lippe. Es ärgerte ihn, Al Zitrone einen Kinotip gegeben zu haben.

Der rieb die Hände an der Hose sauber. »Fein. Da geh ich heute rein.« Er sah Billi an. »Wann beginnt die Vorstellung?«

Billi sah in der Zeitung nach. »Um sieben«, sagte sie, ohne den Blick von der Zeitung zu wenden. Es sah so aus, als lese sie etwas sehr Interessantes. Nach einer Weile richtete sie sich auf, stemmte den Arm in die Hüfte, neigte den Kopf schräg zur Seite und sah Al Zitrone mit leicht zusammengekniffenen Augen an. »Wenn du heute doch arbeiten wolltest, und wenn du mich mit ein paar Prozenten beteiligen würdest, dann hätte ich einen tollen Tip für dich!«

Al Zitrone sah auf und guckte Billi blöde an. Er verstand nicht ganz, was sie meinte.

Billi wurde ungeduldig, versuchte aber, sich nichts anmerken zu lassen. Sie dachte an alle Krimis, die sie gesehen hatte, und rief sich alle Frauen in Erinnerung, die auf der Seite der Verbrecher standen. Sie schlurfte zum Küchenbuffet und schlenkerte dabei lässig mit dem Arm. Langsam drehte sie sich um und lehnte sich mit dem Ellenbogen ans Buffet, das eine Spur zu hoch für sie war. Rasch zog sie den Ellenbogen weg und lehnte sich einfach so zurück. Mit zusammengezogenen Augenbrauen und tiefer Stimme sagte sie: »Verstehst du denn nicht, du Niete? Ich hab einen todsicheren Tip für dich. Da springen mehr als bloß zehn Mille dabei raus!«

Jetzt horchte Al Zitrone auf. Er musterte Billi, die angestrengt versuchte, Haltung zu bewahren. Sie neigte den Kopf noch schiefer nach hinten und spitzte den Mund. »Zehn Prozent kostet dich der Tip!«

Max, Floh und Robby Botter rührten sich nicht. Gespannt beobachteten sie die Szene.

Al Zitrone stand auf, runzelte die Stirn und steckte die Hände in die Hosentaschen. »Zehn Prozent? Das kommt auf den Tip an«, sagte er.

Billi atmete auf. Al Zitrone war wohl wirklich nicht der Hellste. Er hatte angebissen. Mit noch tieferer Stimme sagte sie: »Der Tip *ist* zehn Prozent wert! Erst die Zusicherung – und dann der Tip!«

Al Zitrone setzte sich und versuchte ein freundliches Gesicht zu machen, was ihm aber zur Grimasse wurde. »Okay, okay. Du sollst deine zehn Prozent haben. Und jetzt der Tip!«

Billi setzte sich Al Zitrone gegenüber, stützte die Ellenbogen am Tisch ab und beugte sich vor. Sie sah dem Einbrecher in die Augen, während sie sagte: »Nur Eingeweihte wissen, daß alle Kinos der Stadt dem Eldorado-Kino gehören. Jeden Sonntagabend, kurz vor der Sieben-Uhr-Vorstellung, bringt ein Geldbote die Wocheneinnahmen aller Kinos ins Eldorado. Bei schlechtem Geschäft sind das zwanzigtausend Mark, bei gutem Geschäft mehr als dreißigtausend!«

Max, Floh und Robby Botter blinzelten sich zu. Sie wußten, daß das Eldorado-Kino pleite war und demnächst in einen Supermarkt umgewandelt werden sollte.

Doch Al Zitrones Augen blitzten auf. Er hing an Billis Lippen, als die fortfuhr: »Der Geldbote ist ein schlanker

Mann, etwa so groß wie Robby Botter. Er trägt eine dunkle Sonnenbrille, hat einen Vollbart und kommt meistens im schwarzen Nadelstreifenanzug. Damit's nicht auffällt, bringt er das Geld in einem Schuhkarton und gibt es einfach an der Kasse ab.«

Al Zitrone richtete sich auf und grinste.

»Wann, sagst du? Jeden Sonntag um sieben Uhr?« Er rieb sich die Hände.

Billi nickte. »Jeden Sonntag um sieben Uhr!«

Al Zitrone stand auf. »Na, da werd ich mir doch heute abend *Das Schwarze Gold* anschauen!«

Billi verschränkte die Arme über der Brust. »Zehn Prozent! Ist das klar?«

Al Zitrone lachte auf. »Ha! Die kannst du dir sonstwo hinstecken! Ich geh jetzt mal ein Nickerchen machen. Punkt sechs Uhr möchte ich geweckt werden!« Lachend ging er nach oben. Auf der Treppe hörte man ihn sagen: »Ha, ha! Zehn Prozent!«

Billi, Max, Floh und Robby Botter führten in der Küche einen stummen Freudentanz auf. Als sie oben die Tür von Robby Botters Zimmer zuknallen hörten, flüsterte Max: »Billi, du bist einfach klasse!«

»Verstehe«, sagte Robby Botter. »Ich spiele den Geldboten, und ihr ruft die Polizei an!«

Billi schmunzelte. »Die Polizei soll in Zivil erscheinen und auf Al Zitrone im Kino warten!«

»Gute Idee!« rief Floh. »Und wir warten auch!«

Billi schüttelte den Kopf. »Das ist zu gefährlich. Wir bleiben schön brav zu Hause und hören Nachrichten. Wenn sie

Al Zitrone fangen, kommt das bestimmt im Radio. Vielleicht sogar im Fernsehen!«

Billi sah auf die Küchenuhr. Es war Viertel nach vier. »Um halb sechs rufen wir die Polizei an, und um halb sieben wecken wir Al Zitrone. Das reicht!«

Aus dem Backofen roch es angebrannt.

Robby Botter riß das Blech heraus – es lagen nur noch schwarze Klumpen darauf.

»Macht nichts«, sagte Billi. »Wir haben Zeit. Wir backen einfach neue!«

7. Kapitel

Nachdem die Eisplätzchen gebacken und gegessen waren, machten sich Billi, Max und Floh auf den Weg zur Telefonzelle. Pünktlich um halb sechs waren sie dort und zwängten sich in das kleine gelbe Häuschen. Billi wählte die Nummer des nächsten Polizeireviers. Nach dem dritten Klingeln meldete sich eine Männerstimme: »Polizeiinspektion 11. Wer spricht?«

Billi räusperte sich: »Hier spricht jemand, der einen sachdienlichen Hinweis zur unerklärlichen Diebstahlserie hat. Bitte verbinden Sie mich mit der Sonderkommission.«

Sie hörte, wie der Polizeibeamte die Hand auf die Muschel legte. Undeutlich konnte sie ein paar Fetzen verstehen, die er zu einem Kollegen sagte: »Schon wieder jemand ... Was? ... Der fünfte heute ... Schon wieder ein Kind ...« Dann piepste es in der Leitung. Kurz darauf meldete sich eine andere Männerstimme: »Sonderkommission. Wer spricht?«

»Ich kann Ihnen sagen, wo heute abend punkt sieben Uhr der nächste Raub passiert!« antwortete Billi.

»Wer spricht denn bitte?«

»Das tut doch nichts zur Sache. Ich möchte Ihnen nur sagen, wo ...«

»Du bist doch ein Mädchen, oder? Wie heißt du denn, und wie alt bist du?«

Billi stampfte mit dem Fuß auf. »So hören Sie doch! Sie müssen heute punkt sieben Uhr im Eldorado-Kino sein. Dort wird der Einbrecher die Kasse ausrauben!«

Am anderen Ende der Leitung schnaufte es, dann war es kurz still. Schließlich sagte der Polizeibeamte mit unterdrücktem Zorn in der Stimme: »Deine letzte Geschichte war besser. Wenn du glaubst, daß wir noch einmal auf deinen dummen Streich hereinfallen, dann hast du dich geirrt!«

Billi rollte die Augen nach oben. Offensichtlich hatten sich andere Kinder einen Streich erlaubt, und jetzt glaubte ihr der Polizeibeamte nicht. »So glauben Sie mir doch! Ich rufe zum erstenmal heute an! Ich ...«

»Schluß jetzt! Wir waren zweimal umsonst im Einsatz! Sag mir jetzt, wie du heißt!«

Billi legte den Hörer auf und lehnte sich an die Glasscheibe.

»Ruf bei einem anderen Polizeirevier an. Vielleicht glauben uns die!« sagte Max.

Billi nickte und suchte im Telefonbuch die Nummer eines anderen Polizeireviers, wählte und wartete, bis sich eine Männerstimme meldete: »Polizeiinspektion 6. Wer spricht?«

Billi erzählte, daß sie wüßte, wo der Einbrecher seinen nächsten Überfall machte. Die Stimme sagte »Moment«, und kurz darauf meldete sich der Beamte, den Billi schon kannte: »Sonderkommission. Wer spricht?«

Ohne zu antworten legte Billi auf und drehte sich um. »Es hat keinen Sinn«, sagte sie. »Die haben mich gleich zur Sonderkommission verbunden!«

An der Glastür klopfte es, und die drei drehten sich um. Jetzt erst bemerkten sie, daß draußen jemand wartete. Es waren die Mädchen, die gestern am Kiosk Kaugummi gekauft hatten. Etwas weiter hinten saßen zwei ältere Jungen auf Motorrädern. Auch sie trugen schwarze Lederjacken und ausgewaschene Jeans mit Löchern an den Knien. Sie hatten schulterlange Haare, einer der Jungen hatte sie im Nacken zu einem Pferdeschwanz gebunden.

Das Mädchen mit den schwarzen Locken klopfte noch einmal und sagte: »Wollt ihr ewig telefonieren?«

Billi, Max und Floh öffneten die Tür und machten Platz.

Das blonde Mädchen rief ihrer Freundin zu: »Und frag auch gleich, ob Mike mitkommt!«

Billi, Max und Floh blieben unschlüssig vor der Telefonzelle stehen, während die Schwarzhaarige telefonierte.

»Was ist denn euch über die Leber gelaufen?« fragte das blonde Mädchen.

Billi richtete sich auf und versuchte ein Lächeln. »Ach nichts«, sagte sie. »Es ist nur ... heute gibt's einen tollen Film, aber der ist erst ab sechzehn.« Sie sah zu Boden und scharrte mit dem Fuß.

Der Junge mit dem Pferdeschwanz rief herüber: »Sag Susi, sie soll sich beeilen! Wir wollen vorm Kino noch in die Eisdiele!«

Billi horchte auf. »Ihr geht ins Kino?«

»Ja. Im Eldorado spielen sie heute *Das Schwarze Gold*«, sagte das blonde Mädchen und klopfte an die Scheibe. »Hey, Susi! Beeil dich! Wir wollen noch in die Eisdiele!« Zu Billi, Max und Floh sagte sie: »Schade, daß ihr noch solche Küken seid! Toller Film!«

Billi, Max und Floh sahen sich an. Das war eine Chance! Vielleicht konnten ihnen die vier helfen!

Billi atmete tief ein, bevor sie sagte: »Punkt sieben soll heute im Eldorado die Kasse ausgeraubt werden. Wenn ihr da seid, könnt ihr dabei helfen, den Dieb zu fangen. Es ist der Einbrecher, der die unerklärlichen Diebstähle macht!«

Das Mädchen lachte auf. »Ha! Und ihr Grünschnäbel habt natürlich den direkten Draht zu diesem Einbrecher, und der erzählt euch alles, was er so vorhat!«

Billi verzweifelte. Niemand glaubte die Geschichte, weil sie niemandem erzählen konnte, wie und warum sie tatsächlich wußte, was Al Zitrone plante. Die Gesichter von Max und Floh verrieten ähnliche Gedanken.

Das Mädchen mit den schwarzen Locken kam aus der Telefonzelle. »Mike, Tina, Robert und Klaus kommen auch mit. Nachher gehen wir in die *Tanzfabrik*!«

Das blonde Mädchen hakte sich bei Susi ein. »Das wird ein Superabend!« Die beiden gingen zu den Motorrädern und setzten sich hinter die Jungen.

Billi rannte hinterher und zupfte am Ärmel des Jungen mit dem Pferdeschwanz. »Seid bitte pünktlich um sieben im Eldorado! Und wenn der Einbrecher tatsächlich kommt, dann helft uns, ihn zu stellen!«

Der Junge ließ den Motor aufheulen. Er drehte sich zu dem blonden Mädchen um, das hinter ihm saß. »Was hat denn die?« fragte er und fuhr los.

Billi, Max und Floh konnten gerade noch hören, wie das Mädchen antwortete: »Sie bildet sich ein, daß heute um sieben die Kasse vom Eldorado ausgeraubt wird!«

Mit lautem Motorgeheul fuhr das zweite Paar los. Das Mädchen mit den schwarzen Haaren winkte Billi, Max und

Floh zu. »Vergeßt es! Im Eldorado raubt niemand die Kasse aus! So blöd ist kein Bandit der Welt!«

Billi setzte sich auf die Bordsteinkante. »Der Zug ist abgefahren«, sagte sie. »Die glauben uns einfach nicht. Dabei wären die Jungen bestimmt stark genug, um Al Zitrone zu stellen.«

Floh hob einen Stein auf und warf ihn in hohem Bogen über die Straße. »Dann stellen wir ihn eben allein!« sagte er und sah Billi trotzig an.

Max setzte sich zu Billi. »Das schaffen wir doch nicht!«

Billi senkte den Blick und rührte mit der Schuhspitze im Straßenstaub. »Floh hat recht. Wir müssen ihn stellen. Er merkt ja sowieso, daß wir ihn ausgetrickst haben. Und dann . . .« Sie nahm einen Stein und schleuderte ihn auf den Boden. »Verdammt noch mal! Der haut uns wirklich zu Brei, wenn er nicht im Kino verhaftet wird!«

Max sah auf die Uhr. »Okay. Es ist jetzt Viertel nach sechs. Wir könnten ihn einfach verschlafen lassen!«

Billi sprang auf. Ihre Augen funkelten zornig. »Nein! Wir ziehen die Sache durch! Wäre doch gelacht, wenn wir's nicht schaffen. Und wenn nicht – auch egal! Ich möchte dieses runde Stoppelgesicht keine Stunde länger in meinem Haus sehen! Notfalls ziehe ich eben aus. Los! Schnell nach Hause!« Sie nahm Flohs Fahrrad und radelte los. Max und Floh folgten ihr.

Kurz vor halb sieben waren die drei in Billis Haus. Das Schnarchen Al Zitrones war bis hinunter in die Diele zu hören.

Billi, Max und Floh gingen erst einmal in die Küche, um sich mit einer Cola zu stärken. Auf dem Küchentisch lag eine rote Plastiknelke. Billi nahm sie in die Hand und zog die Stirn in Falten. »Komisch. Wenn Robby Botter auf dem Sperrmüllplatz arbeitet und morgens keine Zeit mehr hat, die Blumen zu gießen, ist das unser Zeichen, daß ich sie gießen soll.« Sie sah sich um. »Wo ist er überhaupt?«

Billi, Max und Floh suchten Robby Botter im ganzen Haus, er war aber nicht hier. »Die Nelke ist ein Hinweis. Ich soll Blumen gießen«, sagte Billi. Sie bedeutete Max und Floh, ihr zu folgen, und rannte zum Geräteschuppen. Dort klebte an der Gießkanne mit Tesafilm ein Zettel, den Robby Botter geschrieben hatte.

Billi las laut vor, was darauf stand.

Liebe Billi, Max und Floh!
Verstehe. Ich habe mich in der Luftmaschine unsichtbar gemacht und bin schon dort. Wenn ich sichtbar werde und den Geldboten gespielt habe, muß ich sofort fliehen. Die Polizei würde mich sonst sicher vernehmen. Das wäre nicht gut. Wahrscheinlich bin ich um Viertel nach sieben schon wieder zu Hause. Es kommt darauf an, was ich für einen Fluchtweg nehme. Bitte wartet zu Hause auf mich. Geht nicht zum Eldorado. Es ist alles zu gefährlich für Euch.
Euer Robby Botter

Billi steckte den Zettel ein. »Das hat uns gerade noch gefehlt!« sagte sie. »Er glaubt, daß die Polizei rechtzeitig kommt! Wir müssen sofort Al Zitrone aufwecken und dann gleich zum Eldorado!«

Billi, Max und Floh liefen zurück ins Haus und hinauf in Robby Botters Zimmer.

Al Zitrone lag in einem breiten französischen Bett. Seine öligen Haare klebten in Strähnen zusammen. Seine Bartstoppeln waren ein weiteres Stück gewachsen und zogen sein rundes Gesicht noch mehr in die Breite. Im Zimmer roch es nach Zigarrenrauch.

Billi, Max und Floh rümpften die Nase, als sie sich auf Zehenspitzen ans Bett schlichen. Billi rüttelte Al Zitrone. »Du mußt dich beeilen! Es ist schon fünf nach halb!«

Al Zitrone war sofort wach und sah auf seine Armbanduhr – eine goldene Schweizer Uhr, die er wahrscheinlich bei Juwelier *Goldkettchen* gestohlen hatte. Er sprang mit einem Satz aus dem Bett. »Punkt sechs hab ich gesagt! Jetzt hab ich keine Zeit mehr, mich zu rasieren!«

Billi grinste. »Brauchst du doch nicht. Es sieht dich ja sowieso keiner!«

Al Zitrone schnappte nach seinem Jackett. »Ich gehe sonst nie unrasiert zur Arbeit!« sagte er und verließ das Zimmer.

Billi, Max und Floh warteten, bis sie hörten, daß Al Zitrone die Bodenklappe in der Diele geöffnet hatte und in den Maschinenraum ging. Als es im Haus still war, sagte Billi: »Ich denke, es ist am besten, wenn wir uns auch mit der Luftmaschine zum Eldorado befördern lassen.«

Floh hüpfte in die Höhe. »Fein! Endlich mal wieder unsichtbar!«

Billi sah ihn streng an. »Mach bloß keinen Unsinn! Die

Luftmaschine ist umprogrammiert, das darfst du nicht vergessen! Sobald du wieder sichtbar werden willst, wirst du gleich an dem Ort sichtbar, an dem du bist – und nicht erst im Maschinenraum!« Sie klatschte in die Hände. »Alles klaro?«

»Alles klaro!« sagte Max.

»Dann gehen wir doch!« sagte Floh.

Im Nu waren die Drei unten und zwängten sich in die Luftmaschine. Billi schloß die Tür. »Wir treffen uns an der Kinokasse!« Dann flüsterte sie »Eldorado« und war sofort verschwunden.

Auch Max und Floh flüsterten »Eldorado« und lösten sich in Luft auf.

Im Vorraum des Kinos mußten sich die drei erst einmal finden. Als Unsichtbare konnten sie sich selbst nicht sehen! Wie ausgemacht gingen sie zur Kinokasse.

Floh flüsterte: »Seid ihr hier?«

Gleich neben ihm antwortete Billi: »Ja!«

Und Max sagte: »Hier!«

Billi, Max und Floh warteten bei dem Kinoplakat neben der Kasse.

Um Viertel vor sieben wurde die Kinokasse geöffnet. Eine ältere Frau sperrte die Tür auf und setzte sich hinter die Glasscheibe. Vor ihr lag eine Rolle mit Kinokarten, die sie abzählte. Dann öffnete sie eine Tischschublade und zählte das Wechselgeld. Bis jetzt war noch kein Mensch in der Halle.

Um zehn vor sieben kam der erste Kinobesucher, ein Mann im grauen Mantel und grauen Hut. Er ging zur Kasse, kaufte eine Kinokarte und Erdnüsse. Er zahlte und setzte sich auf einen der Stühle, die an der Wand gegenüber der Kasse standen.

Ein junges, eng umschlungenes Pärchen versuchte, durch die Tür zu kommen, ohne die Umarmung zu lösen. Sie kicherten und trennten sich schließlich doch. Kaum waren sie in der Halle, legte der junge Mann wieder den Arm um die Schulter der Frau. Lächelnd gingen sie zur Kasse, kauften zwei Tickets und eine Cola und stellten sich neben die Tür, die zum Vorführraum führte. Sie flüsterten sich gegenseitig ins Ohr und kicherten unentwegt.

Draußen war plötzlich der Lärm von mehreren Motorrädern zu hören. Kurz darauf sah man durch die Glasscheibe der Eingangstür acht junge Leute auf fünf Motorrädern. Billi erkannte die Mädchen und die Jungen von der Telefonzelle wieder. Sie flüsterte: »Gott sei Dank! Die helfen uns bestimmt!«

»Mal abwarten«, flüsterte Max.

»Es sind eins ... zwei ... drei ... vier ... fünf starke Jungen dabei! Da hat Al Zitrone keine Chance!« flüsterte Floh.

»Still!« zischte Billi. »Er ist bestimmt schon hier!«

Die Motorradfahrer parkten ihre Maschinen direkt vor dem Eingang. Alle trugen schwarze Lederjacken und ausgewaschene Jeans mit großen, ausgefransten Löchern an den Knien. Als sie die Halle betraten, machten die Absätze ihrer Stiefel ein Geräusch wie Pferdegetrampel. Einer nach dem anderen kaufte sich eine Kinokarte. Sie stellten sich im Kreis vor die Tür des Vorführraumes und alberten herum.

Das junge Pärchen setzte sich zu dem Mann mit dem grauen Mantel und dem grauen Hut und kicherte sitzend weiter.

Eine Minute vor sieben stellte sich ein Mann in einer schäbigen grauen Livree an die Tür zum Vorführraum. Er verschränkte die Hände vor dem Bauch und wippte auf den Zehenspitzen. Um punkt sieben würde er die Tür aufsperren und die Besucher einlassen.

»Oh! Er kommt!« entfuhr es Billi, als sie Robby Botter durch die Glastür auf das Kino zukommen sah. Er war in seinen schwarzen Nadelstreifenanzug gekleidet, trug einen Borsalino-Hut und weiße Handschuhe. Ins Gesicht hatte er sich einen Vollbart geklebt; die Augen waren hinter einer dunklen Sonnenbrille versteckt. In einer Hand hielt er einen Schuhkarton, mit der anderen Hand stützte er sich beim Gehen auf einen Spazierstock. Auf diese Weise merkte niemand, daß er eigentlich einen schleppenden und zugleich schwebenden Robotergang hatte.

Robby Botter betrat die Halle und hinkte zur Kinokasse. Er zeigte der Frau einen Zettel, auf dem stand:

> Ich bin taubstumm. Bitte geben Sie mir eine Kinokarte für den Film *Das Schwarze Gold.* In der Schachtel ist ein Goldhamster für meinen Sohn. Bitte bewahren Sie ihn bis nach der Vorstellung für mich auf. Danke!

Die Frau las den Zettel und schüttelte den Kopf. »Aber Sie hören doch gar nichts in dem Film!« sagte sie.

Robby Botter zog die Schultern hoch und zeigte die Handflächen.

Die Frau errötete. »Entschuldigung. Sie können sicher von den Lippen lesen. Ich wollte Sie nicht beleidigen.« Sie reichte Robby Botter den Zettel und eine Kinokarte.

Robby Botter gab ihr das Paket, das sie unter dem Tisch verstaute. Er hinkte zum Ausgang, lehnte sich an den Türpfosten und tat so, als warte er auf den Beginn der Vorstellung.

Plötzlich schrie die Frau hinter der Kasse: »Hilfe! Hilfe!« Ihr Gesicht war käsebleich.

Die Tür zum Kassenraum stand offen, und die Schachtel, die Robby Botter abgegeben hatte, schwebte heraus.

Die Frau schrie: »Jemand hat das ganze Geld aus der Kasse genommen. Hilfe! Hilfe!«

Alle drängten sich um die Kasse; Robby Botter machte sich unauffällig davon.

Plötzlich schrie jemand von hinten: »Verdammter Mist! Kein Geld in der Kiste!« Es war Al Zitrone, der plötzlich für alle sichtbar mitten in der Halle stand. Aus seiner Jackentasche schauten ein paar Geldscheine hervor, die er aus der Kasse genommen hatte. In der Hand hielt er den geöffneten Schuhkarton und wühlte darin herum. Er fand aber nur Zeitungsschnitzel, etwa in der Größe von 10-Mark-Scheinen.

Billi rief: »Das ist der Dieb!« Aber niemand konnte sie sehen. Rasch flüsterte sie »ODARODLE« und wurde sichtbar. Sie deutete noch einmal auf Al Zitrone und rief: »Haltet ihn! Das ist der Dieb!«

Alle sahen Billi an.

Das Mädchen mit dem blonden Pferdeschwanz schrie: »Die Kleine hat ja recht gehabt! Versperrt den Ausgang!«

Im Nu waren die Motorradleute an der Glastür und versperrten Al Zitrone den Weg.

Jetzt erst merkte Al Zitrone, daß er sichtbar war. Mit

großen Augen sah er an sich herab und fauchte dann Billi an: »Du mieses kleines Miststück!«

Billi grinste und hob die Schultern. »So ist das Leben!«

Die Frau an der Kasse hatte wieder Farbe im Gesicht und stürzte zum Telefon, um die Polizei zu holen.

Al Zitrone warf den Schuhkarton hinter sich, die Papierschnitzel rieselten auf das junge Pärchen. Sie hielten sich nicht mehr in den Armen, sondern saßen stocksteif auf den Stühlen.

Al Zitrone steckte die Hand in die Jackentasche und drohte mit dem verborgenen Stück Holz. Ein erschrecktes Raunen ging durch die Halle.

Einer der Motorradjungen rief: »Er hat eine Pistole!«

Al Zitrone richtete die angebliche Pistole in der Jackentasche auf die Leute vor der Tür. »Hände hoch und aus dem Weg!« rief er.

»Das ist keine Pistole!« schrie Billi, doch die jungen Leute hatten schon ihre Arme oben und machten den Weg frei.

Plötzlich drängten sich Max und Floh nach vorne. Sie hatten sich sichtbar gemacht und stürzten sich auf Al Zitrone, der sie mit dem Fuß zurückstieß. Max rappelte sich auf und umklammerte Al Zitrones Arm, der die »Pistole« hielt. »Er hat keine Pistole!« schrie Max, doch niemand in der Halle rührte sich.

Al Zitrone versuchte, Max abzuschütteln, schaffte es und rannte zur Glastür.

Billi und Floh versuchten, ihn an der Jacke zurückzuhalten, doch er war stärker. Er schaffte es bis zur Tür. Und dann machte er einen Fehler: Er zog die Hand aus der Tasche, um die Tür zu öffnen, und behielt dabei die »Pistole« in den Fingern. Jeder sah, daß die Pistole nur ein Holzstück war.

»Los! Auf ihn!« rief einer der Motorradfahrer und stürzte auf Al Zitrone. Die anderen Jungen hinterher.

Al Zitrone trat mit den Füßen und boxte mit den Händen – aber die fünf Jungen waren stärker. Sie zogen und schleppten ihn bis zur Kinokasse und hielten ihn dort fest. Von weitem hörte man das Martinshorn der Polizei.

Billi winkte Max und Floh und rief: »Nichts wie weg hier!« Dann rannte sie nach draußen.

Max und Floh folgten ihr. Die drei rannten, so schnell sie konnten. Ein paar Straßenecken weiter blieben sie stehen.

Billi lehnte sich an die Hauswand und schnaufte: »Puhh, das wär beinahe ins Auge gegangen!« sagte sie.

Max klopfte ihr auf die Schulter. »Aber wir haben's geschafft! Wir sind ihn los!«

Billi hakte sich bei Max und Floh ein. »Das muß gefeiert werden!« sagte sie.

Arm in Arm hopsten die drei die Straße entlang. An der nächsten Straßenecke blieb Max stehen und deutete auf eine Kirchturmuhr, die zwischen zwei Häuserblocks zu sehen war. »Himmel!« rief er. »Es ist schon halb acht! Wir müssen sofort heim! Noch einmal zu spät kommen geht nicht!«

Billi hopste immer hoch. »Laß doch die Alten Alte sein! Heute wird gefeiert!«

Floh hopste mit. »Genau! Heute wird gefeiert! Mit Cola und Robby Botter und Leo!« Er drehte sich im Kreis, stolperte und saß am Bordstein.

Max schielte hinunter. »Und ich soll wohl die Schimpfe einstecken, was?« Er zog seinen Bruder hoch. »Gefeiert wird später. Oder willst du drei Wochen Hausarrest riskieren? Wir hätten schon um sieben daheim sein müssen!«

Floh ließ die Mundwinkel hängen.

Billi zupfte sich am Jackenkragen und machte ein trauriges Gesicht. »Dabei hätte ich so gern mit euch die Nachrichten angeschaut!«

Max atmete tief durch. »Billi, es nützt nichts!« sagte er. »Wir müssen heim!«

»Okay«, sagte Billi.

Die drei verabschiedeten sich. Max und Floh bogen rechts ab, und Billi wandte sich nach links, um den Bus der Linie 7 zu nehmen.

8. Kapitel

Es war kurz vor acht, als Billi die Küche betrat. Robby Botter stand am Küchentisch, vor Al Zitrones Koffer. Mit fahrigen Bewegungen stopfte er Geldscheine hinein, die über den Rand quollen. Der Deckel wollte nicht zugehen, so voll war der Koffer.

»Alles paletti!« rief Billi.

Langsam drehte sich Robby Botter um, rückte einen Stuhl zurecht und setzte sich.

Billi klopfte ihm auf die Schulter. »Es ist alles okay! Freust du dich gar nicht?«

»Verstehe. Aber ich habe mir große Sorgen gemacht. Als ich nach Hause kam, war niemand hier«, antwortete Robby Botter.

Billi legte die flache Hand auf die Stirn. »Mensch, hab ich glatt vergessen! Du kannst ja gar nicht wissen, was wirklich passiert ist! Wir waren ja auch unsichtbar im Kino!«

Billi erzählte Robby Botter die Geschichte mit der Polizei und wie sie es geschafft hatten, Al Zitrone doch noch dingfest zu machen. Als sie fertig war, klatschte sie in die Hände und lachte. »Ja, ha! Al Zitrone macht jetzt seinem Namen alle Ehre! Er wird ausgequetscht!«

Robby Botter lächelte auf seine Art. Doch dann richtete er sich auf. »Verstehe«, sagte er. »Aber ich muß der Polizei unbedingt seinen Koffer mit dem Geld und dem Schmuck bringen. Das gehört uns ja nicht!«

»Gute Idee!« Billi holte für sich eine Cola und für Robby

Botter Maschinenöl. Sie reichte Robby Botter den Krug und prostete ihm zu. »Auf unsere neue Freiheit!« sagte sie, trank und setzte ab. »Mal sehen, ob sie es in den Nachrichten bringen!« Sie ging ins Wohnzimmer.

Robby Botter nippte an seinem Krug und folgte ihr. Im Wohnzimmer schaltete er das Fernsehgerät an, während Billi es sich auf dem Sofa gemütlich machte.

In den Nachrichten wurde zunächst über die Tagespolitik und dann über sportliche Ereignisse vom Wochenende berichtet. Zum Schluß kam die Meldung: »Soeben erreichte uns ein Polizeibericht: Die unerklärliche Diebstahlserie scheint aufgeklärt zu sein. Mehr darüber erfahren Sie in den Spätnachrichten.«

Billi räkelte sich auf dem Sofa. »Heute bleib ich auf. Das muß ich sehen!«

»Verstehe. Aber nur ausnahmsweise«, sagte Robby Botter. »Ich werde in der Zwischenzeit den Koffer mit dem Geld und dem Schmuck bei der Polizei abliefern. Damit es keine unliebsamen Fragen gibt, nehme ich am besten die Luftmaschine. Du bleibst hier und ruhst dich aus!«

»Okay«, sagte Billi und grapschte nach der Fernbedienung, während sich Robby Botter auf den Weg machte.

Billi schaltete von einem Programm zum anderen, fand aber nichts Interessantes. Schließlich blieb sie bei einem Film über Wüstentiere und nickte bald darauf ein.

Als Billi gerade von einer Verfolgungsjagd träumte, in der sie von einem Kameltreiber gejagt wurde, weckte Robby Botter sie auf. »Verstehe, Billi. Die Spätnachrichten kommen in zwei Minuten!«

Verschlafen richtete sich Billi auf und rieb die Augen. Robby Botter reichte ihr heiße Milch und das letzte Eisplätzchen. Im Fernsehen kam der Gong, der die Nachrichten ankündigte.

Die ersten Meldungen kannten Billi und Robby Botter bereits von den Abendnachrichten. Am Schluß wurde es spannend. Hinter dem Nachrichtensprecher erschien eine Schrift:

RÄTSELHAFTE DIEBSTAHLSERIE AUFGEKLÄRT – TÄTER EIN FALL FÜR DIE PSYCHIATRIE.

Billi und Robby Botter richteten sich auf. Sie sahen gespannt auf den Bildschirm, während der Nachrichtensprecher sagte: »Heute abend um sieben Uhr konnte der Mann gefaßt werden, der in den letzten Tagen bei verschiedenen Einbrüchen mehr als hunderttausend Mark erbeutete. Der Mann nennt sich Al Zitrone und scheint geistesgestört zu sein. Er behauptet, seine Überfälle als Unsichtbarer verübt zu haben. Zudem spricht er von mysteriösen Maschinen wie ›Luftmaschinen‹, ›Aufräumkisten‹ und ›Robotern‹, die für seine Verhaftung verantwortlich seien. Die Diebesbeute wurde von einem Unbekannten bei der Polizei abgegeben. Eine Komplizenschaft zwischen dem Unbekannten und dem Täter wird ausgeschlossen.«

Beim Wetterbericht schaltete Billi den Fernseher aus. Sie konnte kaum aufhören zu lachen.

Robby Botter lachte auf seine Weise. Es war ein rollendes Geräusch, das tief aus seinem Bauch heraus kam.

Als sich beide etwas beruhigt hatten, sagte Robby Botter: »Verstehe. Al Zitrone ist keine Gefahr mehr für uns. Er sagt die Wahrheit, aber die glaubt ihm niemand!«

DIE ROBBY-BOTTER-BÜCHER: VIEL SPASS UND JEDE MENGE SPANNUNG!

Band 1

Band 2

Billie, die Hauptperson dieser spannenden Geschichten, ist ein rotzfreches zehnjähriges Mädchen, das auf dem Sperrmüllplatz lebt. Was an sich schon recht ungewöhnlich ist. Noch bemerkenswerter wird die Sache allerdings, wenn man sich Billis Mitbewohner, Robby Botter ansieht: Robby Botter ist ein Roboter, der äußerlich wie ein Mensch ist... Die Serie wird fortgesetzt!

CARLSEN